陈建平 ◎ 著

探索大美太极

北京出版集团
北京出版社

图书在版编目（CIP）数据

探索大美太极 / 陈建平著 . — 北京 ：北京出版社，
2024.3

ISBN 978-7-200-18607-9

Ⅰ . ①探… Ⅱ . ①陈… Ⅲ . ①太极拳—通俗读物
Ⅳ . ① G852. 11-49

中国国家版本馆 CIP 数据核字（2024）第 044035 号

探索大美太极
TANSUO DAMEI TAIJI
陈建平　著

出　　版　北京出版集团
　　　　　北 京 出 版 社
地　　址　北京北三环中路 6 号
邮　　编　100120
网　　址　www.bph.com.cn
发　　行　北京伦洋图书出版有限公司
印　　刷　北京汇瑞嘉合文化发展有限公司
经　　销　新华书店
开　　本　787 毫米 ×1092 毫米　1/16
印　　张　13.5
字　　数　116 千字
版　　次　2024 年 3 月第 1 版
印　　次　2024 年 3 月第 1 次印刷
书　　号　ISBN 978-7-200-18607-9
定　　价　88.00 元

如有印装质量问题，由本社负责调换
质量监督电话：010-58572393

大美太极

作者自题

不傲居人上，不屈居人下，是为"平"

不妄自尊大，不妄自菲薄，是为"中"

不恃强凌弱，不刀戈相见，是为"和"

序　一

　　中华武术博大精深，源远流长，蕴含着丰富的文化内涵，是中华优秀传统文化的重要组成部分。太极拳作为中华武术百花园中的一朵奇葩，广为世人欣赏，并使世界人民享受到其独特的芬芳，成为中国在世界上的一张极具代表性的、亮丽的文化名片。

　　文化是民族的血脉，是人民的精神家园。文化自信是更基本、更深沉、更持久的力量。太极拳以深厚的文化底蕴、丰富而独特的运动形式，不断延续着民族文化血脉，并融入世界，成为一项世界性的体育运动，于2020年被联合国教科文组织列为世界级非物质文化遗产。太极拳文化对延续和发展中华文明，促进人类文明进步发挥着重要的作用。太极拳内含的阴阳循环、天人合一及道法自然的生存理念，丰富了人们对宇宙和人体自然规律的认知。太极拳的静心用意、中正安舒、柔和缓慢、圆活不滞、虚实分明、轻灵沉着、刚柔相济等习练要求，潜移默化地涵养着人们平和、包容、友善的心性。在提高人民群众健康意识、全面促进身心健康，推动人与人和谐共处，增强社会凝聚力等方面，太极拳发挥着重要作用。

随着我国经济社会深刻变革，对外开放日益扩大，互联网技术和新媒体快速发展，世界范围内各种思想文化交流交融交锋更加频繁，迫切需要深入挖掘中华优秀传统文化价值内涵，更加充分地激发创造活力，这对于传承中华文脉、增强国家文化软实力具有十分重要的意义。2017年，中共中央办公厅、国务院办公厅印发《关于实施中华优秀传统文化传承发展工程的意见》，为中华优秀传统文化的传承与发展注入了强大的动力。

作者面对当今人们关注的一些有关太极拳的基本问题，以数十年不辍的武术锻炼为实践基础，以太极拳文化为理论基础，以推动中华优秀传统文化创造性转化、创新性发展为己任，以广大热爱太极拳的有缘人为对象，以简洁的语言讲述自己练太极拳近30年的所思所感，为大家奉献这本《探索大美太极》，可谓正当其时。作者对历史和文化的探索精神是很值得肯定的。

太极拳是大美中国的国粹，"有美不扬，天下何观?"

作为一名太极拳爱好者，作者通过习练不仅自身受益，还努力承担起一名中华武术人的责任，传承与弘扬中华优秀传统文化，让更多的人能够从中受益。更可贵的是，作者还将中华民族多种优秀传统文化元素相融通。最后作者通过百句感言表达了习练太极拳不同阶段的心理感受，很好地做到了文武融合，不仅使中华武术文化得到传承与发扬，而且读来回肠荡气。

愿更多的朋友开启太极人生，愿更多的太极拳爱好者分享自己习练太极拳的心得，为全民健身助力，为文化传承建功，为子孙后代造福。

太极人生，美美与共。

原北京武术院院长
原国家体委武术研究院技术部主任　　吴彬
国际武术联合会技术委员会原主任
中国武术九段
2023 年 12 月 7 日

序 二

太极拳是我国世界级的非物质文化遗产，是中华优秀传统文化的杰出代表。它是一种武术，是一种健身方法，也是一种修养方式；它融合多种优秀传统文化元素，是大浪淘沙保留下来的精华。

太极拳的理论基础是中国古代的太极、阴阳学说，"道"是它所承载的文化精神、人文内涵，认同老子所提出的"道生一，一生二，二生三，三生万物"。太极拳的"道"最核心之处在于健康，包括健康的精神、健康的追求、健康的形体。懂得了太极拳丰富的内涵，才能越练越精。

此弟子在相识之前一直爱好和练习外家拳、形意拳等，对太极拳并无真正接触和了解，自拜师后便心无旁骛，把主要的业余时间和精力都放在了太极拳的练习上。他的特点是不好高骛远，踏实、认真。在我每周一次给徒弟们当面讲授时，他听讲很是认真，并且仔细看我的推手示范，用心理解和记忆。师兄弟间练习时，他也是反复揣摩，反复练习，一点一滴地积累。我们在讲授传统太极拳时是没有教材的，讲的内容有时也会根据当天的情况随机调整，之后很难再重复。有一段时间，他一边工作一边上学，晚上放学后顾不上吃饭就赶过来听后半节课，并向别人请教之前讲的内容。几十年中，有的徒弟因各种原因或中断了学习，或断断续续，有的遇到难关被卡住时，放弃、怀疑或被其他事物吸引，建平是坚持得较好的徒弟之一。正像他书中对于"信"的描述一样，他的确坚持做到了。在现代社会，大家各有工作，各有生活，各有爱好，选择多，压力也大，用在太极拳这个业余爱好上的时间比过去练功之人会少很多，悟道入门的时间也会更长。练太极拳本来就有一个较为漫长的开悟入门过程。很多年之后，终于感到他开始悟道，入门了。他喜爱传统文化，谦逊有礼，对长辈恭敬有加，逢年过节必定登门看望我们，从无中断。他心性友善，对师兄师弟也尊敬友爱，有机会就互相学习、交流。

太极拳博大精深，融会我国诸多拳种之长，结合古代的导引术、吐纳术，吸取阴阳学说与中医经络学说，是一种内外兼修的拳术。建平在多年的学习中，摸索到了自己感兴趣的视角，将所学与其他优秀传统文化元素融会，努力领会太极拳文化的精髓，值得肯定。他在文后通过百句感言表达习练太极拳不同阶段的心理感受，很是生动，这也是将文与武进一步融通，从新的角度和层面对太极拳文化进行诠释。

建平适应新时代社会文明发展的需要，对太极拳的养生和修身养性功效进行探索，并力图从发展的视角勾勒太极拳的历史轨迹，对于深入挖掘中华优秀传统文化蕴含的思想观念、人文精神、道德规范意义非凡。特为此序。

师父金满良

2023年1月

自　序

发展是人类社会永恒的主题。健康是人们永恒的话题。

中华文明是世界上唯一绵延不断且以国家形态发展至今的伟大文明。长期以来，中华文明同世界其他文明互通有无、交流借鉴，向世界贡献了深刻的思想体系、丰富的科技文化艺术成果、独特的制度创造，深刻影响了世界文明进程。习近平总书记在黄河流域生态保护和高质量发展座谈会上的讲话中指出："在我国5000多年文明史上，黄河流域有3000多年是全国政治、经济、文化中心，孕育了河湟文化、河洛文化、关中文化、齐鲁文化等，分布有郑州、西安、洛阳、开封等古都，诞生了'四大发明'和《诗经》、《老子》、《史记》等经典著作。"

《老子》即大家熟知的《道德经》，为太极拳的理论来源之一，其中的一些思想后来成为太极拳理法的核心部分。比如道法自然的思想，认为"道"虽生长万物，却是无目的、无意识的，它"生而不有，为而不恃，长而不宰"，即不把万物据为己有，不夸耀自己的功劳，不主宰和支配万物，而是听任万物自然而然地发展。贵柔思想，提出"柔弱胜刚强""天下莫柔弱于水，而攻坚强者莫之能胜""以其不争，故天下莫能与之争"，在太极拳实践中得到充分发挥与应用。虚静思想，强调"致虚极，守静笃"，"专气致柔""天下之至柔，驰骋天下之至坚"也是太极拳的主体风格。老子不仅研究理论，还亲身进行养生的实践操作。据《史记·老子韩非列传》，"盖老子百有六十余岁，或言二百余岁"，享有高寿。

道家思想是中国传统文化的重要组成部分，对中国的政治、思想、科技、文化、艺术等方面都有深刻影响。

笔者年轻时喜练传统武术，后有幸师从太极拳大师金满良，入门修炼吴式太极拳至今近30年小有收获，愿为传承发展中华优秀传统文化，讲好中国故事、传播好中国声音，推动中华文化更好走向世界尽己绵薄之力。自己深知所学尚浅，观点也是一己之见，在此诚愿有更多人共同努力，汇聚成炬，更好地弘扬和传承太极拳文化。

当一个人说自己喜欢练太极拳时，自然就回避不了这些问题:"为什么喜欢太极拳?""它靠什么吸引人?""花很多时间习练太极拳的意义是什么?"笔者希望与广大的太极拳爱好者一起探索太极拳文化的奥秘。如果有更多的读者由此愿意尝试了解太极拳,则欣慰矣。

中华文化博大精深,很难用简单的语言概括,这也正是其魅力所在。中共中央办公厅、国务院办公厅《关于实施中华优秀传统文化传承发展工程的意见》提出,推动中外文化交流互鉴。"助推中华优秀传统文化的国际传播。支持中华医药、中华烹饪、中华武术、中华典籍、中国文物、中国园林、中国节日等中华传统文化代表性项目走出去。积极宣传推介戏曲、民乐、书法、国画等我国优秀传统文化艺术,让国外民众在审美过程中获得愉悦、感受魅力。"讲好中国故事、传播好中国声音、阐释好中国特色、展示好中国形象。

本书以大家关心的有关太极拳的100个问题为脉络,意在通过太极拳这个媒介,论说其中所含道家思想,以及医道文化、茶道文化、围棋文化、书法文化等,以文润武,同时还能让大家感受到太极拳顺乎人体的自然规律,强调养练结合。文后,把表达习练太极拳不同阶段心理感受的百句感言送给大家,以助其兴。

2021年初秋于北京

目　录

一、什么是太极拳?

《现代汉语词典》对太极拳的表述为:"一种传统拳术,流派很多,流传很广,动作柔和缓慢,既可用于技击,又有增强体质和防治疾病的作用。"近些年关于太极拳的研究,大多认为太极拳形成于明末清初,以中国古代的太极、阴阳学说为理论基础,结合中医经络学说,以及古代的导引术、吐纳术,融会我国诸多拳种之长,是一种内外兼修的拳术。

"太极"最早出自《周易·系辞上》"易有太极,是生两仪",指万物发生的初始状态,在太极拳中指运化之开始。

王宗岳《太极拳论》:"太极者,无极而生,动静之机,阴阳之母也。"意思是不动为无极,已动为太极,无极生太极,太极分阴阳。这样太极就有了"道"的表现("一阴一阳之谓道")。因为太极包含阴阳,阴阳的运动是遵照一定的规律的,所以也可以说太极

1

拳就是按照人体的自然规律进行修炼的。

《道德经》第四十二章："道生一，一生二，二生三，三生万物。"用通俗的话解释就是，万物本来是混沌一体的，故为"一"。"一"产生天地，天地含有阴、阳二气，即所谓"二"。任何事物，无论大小都包含了阴和阳的因素。一般来说，外在的、向上的、剧烈的、运动的、刚强的等为阳；内在的、向下的、缓慢的、静止的、柔弱的等为阴。所谓"三"，即阳气、阴气、和气，阴、阳二气交合形成和气，和气产生了万物。

从一定程度上说，太极拳就是处理技击和养生中各类阴阳关系的拳术。太极拳论曰："天有三宝：日、月、星，人有三宝：精、气、神。"精实则气充，气充则神旺，神旺则形全。太极拳把人体视作一个小宇宙，通过符合生命自然规律的运动修炼，达到内与外的和合。在这种内与外和谐的状态下，人与大自然同生同息，自然就达到修身养性、强身健体的目的了。

笔者认为，中华优秀传统文化是纵向一脉相承，横向一理贯通的。从发展的角度来看，太极拳绝不是简单有形的、若干动作的编排，也不是技击的工具，而是让人热爱和尊重生命、提升生命品质的修炼场。

基于以上所述，太极拳是人们按照大自然最根本的"道"理，通过练习不断追求动静相生的动态平衡的一种拳术。

二、太极拳是怎么发展和演变的？

太极拳是有漫长的发展和演变过程的。

（一）中国古代人认为，"气"是宇宙万物的本质和基础，也是生命的本原。慢慢地，在传统文化的基础之上，以哲学的气一元论和阴阳五行学说等为指导，以精气神论、经络学说为理论基础，并融导引、气功、武术等各种身心炼养术为一体的传统养生体系形成。古代养生学主张通过动静结合、内外结合、练养结合、形神结合的方法，实现阴阳元气和体内精、气、神的平衡充盈。因而古代养生的手段不是激烈的运动而是通过精、气、神、形的练养，疏通经络，流畅气血，协调阴阳，从而达到提高机体健康水平的效果。这是最初的养生理论。

（二）春秋战国时期诸侯争霸、战争频繁，各诸侯国对军事技术的重视使对武艺与武器的研究逐步深入。春秋战国时期也是一个生产力大发展的时期，机弩相继发明，铁兵器也应运而生。对武艺与武器的研究逐步深入，机弩相继发明，铁兵器应运而生，为中华武术的发展带来了新的契机。秦、汉、三国时期的武术发展比较突出的表现为武术流派雏形开始出现，较多武术著作面世等。据近人研究，《周易》大抵系战国或秦汉之际的儒家作品。"太极"即出自《周易·系辞上》的中国古典哲学的基本概念，由此发展起来的太极理论是中国哲学的重要系统之一。中国武术家将太极哲学原理全面应用于武术中，形成了独具特色的太极拳。对太极理论的发展做出重要贡献的学者有老子、庄子、董仲舒、朱熹、周敦颐等。

（三）武术文化在隋唐、五代时期得到了大发展。武举制的开创是中国武术史上的一桩大事。武举制正式建立应是在唐代武则天当政时。事实上，非正式的武举制从隋朝便开始了。它的建立实际上也是对武术的推广。明代是中国武术发展的一个重要时期，诸多风格迥异的武术流派形成，十八般武艺有了具体的名称、内容，中国武术体系开始形成。戚继光等还以士兵的切身利害来启发引导士兵自觉地练武，教育士兵把练武与防身紧密结合起来。清代是中国武术的又一个蓬勃发展时期，武术的健身功能受到普遍重视，太极拳家率先提出了"详推用意终何在？益寿延年不老春"的练拳宗旨。武术理论在清代的重要发展之一是整体观的完善，提出习拳者身体、动作要做到"内外如一""形气合一"等，习拳练武要效法天地之道，强调人与自然统一。清代出现了以传统哲学名词命名，并以哲理阐发拳理的拳术和拳派，如太极拳、八卦掌、形意拳等。

关于太极拳的源起，众说纷纭。有称唐代许宣平、李道子所创者；有称明代张三丰所创者；有称明初河南温县陈家沟陈卜所创者；有称明末清初河南温县陈家沟陈王廷所创者；有称清乾隆年间王宗岳所创者。据中国武术史学家唐豪考证，太极拳为明末清初河南温县陈家沟陈王廷所创。现在，大多数拳家认同陈王廷创拳说。

太极拳完整形成于清代，早期曾被称为"长拳""绵拳""十三势""软手"等。近代以来，太极拳的国际化推广迅速发展，各类大型的国际性武术比赛中均设有太极拳项目。因具有健身作用和治疗疾病的功效，太极拳成为国际医疗体育项目。2000年，国际武术联合会将每年5月定为"世界太极拳月"。如今，太极拳已成为一项世界性体育运动，2020年被联合国教科文组织列为世界级非物质文化遗产。

在中华武术史上，很多人对太极拳的发展做出了贡献，如张三丰、陈王廷、杨露禅、武禹襄、吴鉴泉、孙禄堂等。

据各类典籍所载，历史上至少有三个张三丰（峰），生活年代分别为宋、元、明，其中最有名的为明代的张三丰。相传张三丰为武当内家拳创始人。有人认为，张三丰所传的内家拳主要是太极拳，故有太极拳起始于张三丰之说。以张三丰之名传世的著作多种，多收于《张三丰先生全集》中，但有些为后人托伪作。因张三丰阐述的内丹修持理论与太极拳练功理法相通，故对太极拳的发展起到了促进作用。陈王廷（约1600—1680），陈式太极拳创始人，自幼文武双修，精通拳械，博采众长，依据《易经》阴阳之理，结合中医经络学说及《黄庭经》等导引、吐纳之术，吸收并借鉴戚继光《纪效新书·拳经捷要篇》，创编了长拳十三势、炮捶等拳套七路以及推手、粘枪之法。陈王廷重视以阴阳之理入拳械套路，强调导引、吐纳之术的健身作用，推动了武术养生的发展。杨露禅（1799—1872），杨式太极拳创始人，投入陈家沟太极拳家陈长兴门下勤修太极拳技艺，后应邀赴北京授拳，尤其擅长"以柔克刚"之术，以小胜大，以弱克强。在传艺过程中，为了适应更多人的练习需要，根据自己的体悟，杨露禅对所学的陈式太极拳进行了适当编改，使整个拳套平稳柔和、松畅舒展。杨露禅与董海川等武术名家来往密切，共同为武术活动的开展起到了重要的推动作用。杨露禅是太极拳社会化的关键性人物之一，他的武术服务于广大人民的尚武思想对后来武术的发展起到了积极作用。相传，翁同龢曾观杨露禅与人比武交手，感叹杨式太极拳的"进退神速，虚实莫测，身似猿猴，手如运球，犹太极之浑圆一体也"，于是手书"手捧太极震寰宇，胸怀绝技压群英"一联赠杨露禅。武禹襄（1812—1880），武式太极拳创始人，因喜爱武术，师从杨露禅学习太极拳功夫，后至河南向陈清平学得陈式新架。武禹襄在学习过程中十分注重理论的探究，深研拳学要义，技术体系逐步成熟完备的同时理论水平也不断提高。他借鉴陈式、杨式等太极拳架结构，又注入独特的理解，创编武式太极拳。吴鉴泉（1870—1942），吴式太极拳创始人，幼承家学，随父习拳，并有独到悟创，其拳架以柔化为主，不纵不跳，松静自然，在推手中百炼钢化为绕指柔，不丢不顶，如水赋形。吴鉴泉在家传套路的基础上创编了吴式太极拳，向社会公开传授。孙禄堂（1861—1932），孙式太极拳创始人，自幼尚武，聪敏好学，先后随武术名家习练形意拳、八卦掌，后师从郝为真学练武式太极拳。晚年，孙禄堂融其所得，创编了孙式太极拳。孙禄堂在理论上也颇有建树，撰写专著《太极拳学》《形意拳学》《八卦拳学》《拳意述真》《八卦剑学》等，开武术专著之先河。

三、为什么说《道德经》是太极拳的
理论来源之一?

老子建立了以"道"为最高范畴的思想体系,用"道"表示世界的本原。道家是一种学说,也是一个学派。道家之名始见于西汉司马谈的《论六家之要旨》,称为"道德家",《汉书·艺文志》始称"道家"。道,指道路、规律。老子所说天之道、人之道,均有规律、法则之意。德同"得",得道为德。老子认为,清静无为,因顺自然,有所得于道,即有德。

《道德经》相传为春秋末老子著,现一般认为编定于战国中期,基本上保留了老子本人的主要思想。《道德经》提出了一个以"道"为核心的思想体系,具有丰富的朴素辩证法思想,除对后世的哲学以及美学、伦理学、逻辑学产生重大影响外,还保存了许多古代天文、养生、生产技术等方面的资料。因涉及军事和兵法,《道德经》被说成是兵书。

　　道家思想的核心是"道"，主张道法自然。《道德经》第二十五章："人法地，地法天，天法道，道法自然。"具体可理解为：第一，人法地即人效法地。人以大地为法则、依据行事。第二，地法天即地效法天。大地以上天为法则，依据上天的运转变化寒暑交替，化育万物。第三，天法道即上天以大道为法则，依据"道"运行变化。第四，道法自然。自然，指"道"的自然状态。"道"以它自己的样子为法则，纯任自然。万事万物依其各自的客观规律顺其自然地发展变化成其当然的样子。

　　王宗岳《太极拳论》："太极者，无极而生，动静之机，阴阳之母也。"其中的"无极"一词，即源自《道德经》。太极拳原理是由无极而太极，进而才有动静、阴阳等千变万化。在千变万化中贯串着一个"理"，这个"理"就是武术的本体，也就是"道"。关于《道德经》的道法自然、贵柔、虚静等思想后来成为太极拳理法的核心部分，笔者在自序中已经讲过，不再赘述。

　　基于以上，所以说《道德经》是太极拳的理论来源之一。

四、太极拳在新中国成立前
还有哪些代表性推广？

除前文谈到的之外，新中国成立前还有一大批太极拳名家和兼修太极的武术大家为太极拳的推广做出了贡献，比如陈微明、许禹生等。

陈微明（1881—1958），又名慎先，自幼文武双修，清光绪二十八年（1902）壬寅科举人，曾任清史馆纂修。1915年，陈微明从孙禄堂精习形意拳、八卦掌等，后从杨澄甫专习杨式太极拳7年，并得到杨健侯指点，得杨式太极拳之精髓，明杨式太极拳之势、理、法。为使"学者有所遵循"，1925年，陈微明编著《太极拳术》，书中辑录了杨澄甫口述的《太极拳术十要》，并做简略诠解；注释了《太极拳论》《十三势行功心解》《十三势歌》，图解杨式太极拳套82式和基本推手用法等。陈微明是最早著书论述杨式太极拳的学者，另著有《太极答问》《太极剑》等。1926年，陈微明在上海创办致柔拳社，传授太极、形意诸拳，主要推广杨式太极拳，后在苏州、广州等地设立致柔拳社分社，其间应邀赴香港授拳使杨式太极拳最早传播于境外。他常邀吴鉴泉、杨健侯、杨澄甫、孙禄堂等太极拳名家到致柔拳社任教。陈微明，1931年曾为国术团体筹组联合委员会起草会章，1942—1943年任致柔拳社社长，1948年由台湾回大陆，介绍台湾同胞学习太极拳的情况，为两岸武术交流做出了贡献。

关于陈微明拜师杨澄甫还有一段佳话。陈微明在《太极拳术》序中记述："丁巳秋，访得杨露禅先生之孙澄甫，不介而往见，问曰：'人言太极杨氏最精，而弗轻传人，然乎不乎？'澄甫先生笑曰：'非不传人，愿得其人而传也。吾祖受之河南陈氏，今将归之陈。君如好之，吾不秘惜。'"

许禹生（1878—1945），字龙厚，武术活动家，出身武术世家，自幼习武，文武双修，曾从家馆武术教师刘德宽学艺，后从杨健侯习太极拳。许禹生曾任北平教育部专门司主事，建议在学校设置国术课，以增强青少年体质。1912年11月，许禹生等邀集武术界名家吴鉴泉、赵鑫洲、郭志云、葛馨吾、纪子修、恒寿山等创办北平体育研究社（亦有表述为"北京体育研究社"的，本书采用《中国武术大辞典》《中国太极拳辞典》"北平体育研究社"的表述。——编者注），许禹生任副社长。北平体育研究社以普及武术运动，研究武术理论和拳史，培养武术人才，达到强民报国的目的为宗旨。1916年，在许禹生倡导下开办了北平体育讲习所。北平体育讲习所重点培养大、中学体育教师，授课教师有许禹生、吴鉴泉、杨澄甫、孙禄堂等，对太极拳及其他各类武术的发展起到了积极作用。1929年，许禹生出任北平国术馆副馆长，并主编《体育》月刊。抗日战争期间，许禹生担任副馆长的北平国术馆增设刀术速成班，传授大刀术，为抗击日寇输送将士。

五、为什么太极拳的发展经历了曲折？

事物是在曲折中前进，在探索中发展的。纵观中国武术史，亦是如此。中华武术在历史上也经历了"禁武"的曲折，比如秦王朝建立后，秦始皇采取了一系列措施维护国家统一和专制皇权，其中重大措施之一，便是收缴天下的兵器。收缴天下的兵器，实际上就是在民间禁武。金、元等民族政权为巩固统治，强化民族压迫，在朝廷重视习武练兵的同时，禁止民间习武，并制有禁律有"民习角抵、枪棒罪"之规定，还制定了禁止民间习练摔跤、武术，对违犯者加以治罪的办法。清中叶后，世界列强皆以枪炮为军械，清军火器装备也逐渐增加。因武科考试的硬弓、刀、石及马射、步射等皆与军事无涉，武举人、武进士等已无法担任训练军队、指挥作战之职。光绪二十四年（1898），内外臣恭请变更武科旧制，废弓、矢、刀、石，改试枪、炮。在"举国上下，莫不知其无用"的呼声中，光绪二十七年（1901），清廷下令废止武科。

六、新中国成立后有哪些太极拳记忆？

新中国成立后，武术作为社会主义体育事业的重要组成部分，其性质、地位、目的和作用也发生了很大的变化，不但极大地丰富了人民的文化生活，提高了人民的健康水平，而且促进了国家间的交往，跨出国门，走向世界。

1952年，中央人民政府体育运动委员会成立后，把武术列为推广项目，并设置民族形式体育研究会，负责武术等民族形式体育的挖掘、整理、继承和推广工作。为了推动武术及其他民族形式体育的发展，全国民族形式体育表演及竞赛大会1953年11月8—12日在天津举行，仅拳术一项就有少林拳、罗汉拳、八极拳、猴拳、查拳、八卦掌、太极拳、通臂拳、螳螂拳等。

党和国家领导人的高度重视，对太极拳运动的发展起到了巨大的推动作用。1960年3月18日，毛泽东在为中共中央起草的党内指示《把爱国卫生运动重新发动起来》中指出："凡能做到的，都要提倡做体操，打球类，跑跑步，爬山，游水，打太极拳及各种各色的体育运动。"1978年11月16日，邓小平会见日本代表团时，应来访友人请求，题词"太极拳好"。1986年，国家体育运动委员会正式将太极拳、太极剑、太极推手单列为全国正式比赛项目。1998年10月15日，为纪念邓小平题词"太极拳好"20周年及中国武术协会成立40周年，由中国武术协会主办，来自各个领域的太极拳爱好者代表以及武术代表队等在天安门广场进行了万人太极拳演练，在中外太极拳界引起巨大轰动，成为当代最具代表性的太极拳活动之一。

为使太极拳和太极拳文化惠及广大群众，走向世界，提升太极拳文化的品牌影响力，增强中国文化软实力，2020年，首部太极拳蓝皮书《世界太极拳蓝皮书 世界太极拳发展报告（2019）》由社会科学文献出版社出版。

七、按锻炼目的划分，太极拳有哪几类？

依据不同的划分标准太极拳可以分为很多类，比如传统太极拳与现代太极拳、套路太极拳与推手太极拳等等。本书主要是按锻炼目的划分，大体将太极拳分为三类进行表述。

第一是表演类太极拳。所谓表演，就是演给大家看，追求的是满足人们的视觉等感官享受，所以表演者大多衣着华丽、飘逸，动作舒展，时常融入一些体操、舞蹈及其他武术的动作，并配以优美的音乐，具有很强的观赏性。有人从技击的角度认为表演类太极拳华而不实，没有实战价值。殊不知，表演类太极拳与技击类太极拳追求的目标、练习的方法、表演的技巧等均不一样，人们不应该用所谓技击的标准去衡量和要求它。

第二是技击类太极拳。顾名思义，技击类太极拳练习时主要从技击的角度出发，要求更加严格，注重攻防矛盾冲突和处理，以实战为目的。技击类太极拳可能过分追求一击必杀的效果，常常会对一些固定动作进行超强化的训练，而不把养生放在第一位，但养生架和技击架是对立统一的，不可截然分开。

第三是养生类太极拳。养生类太极拳以养生为主要目的，这也是笔者希望向大家多介绍和推荐的一类太极拳。所谓养生，即保养身体，养护人的生命，以保身心健康，延年益寿。养生类太极拳以善待和养护生命为出发点和落脚点，让练习的人直接受益。它强调自我修炼，不过分注重严格的技术要领，以意念活动为核心，动作在意念引导下完成。按照规范的太极拳要领练习可以达到更高的健康水平。关于太极拳的养生功效，后文多有讲述，此不赘述。

八、表演类太极拳是怎么回事？

中华武术本就具有演打相济的审美功能，演、打两者相得益彰，充分反映出中国传统美学中独具魅力的审美特点，使人们在审美的情趣中得以欢娱，获得感官上的直接的审美愉悦。

随着社会的发展，人民的美好生活需要日益增长。太极拳以其独特的优势被越来越多的人喜爱，并逐步赋予它大众化、娱乐化属性。所以，太极拳被搬上舞台，丰富人们的文化生活是顺势而为也是自然而然。目前，不同规模、不同种类的太极拳表演或比赛已经很多了。大家常看到的太极拳套路、太极拳推手的比赛或表演，严格来说也属于表演类太极拳的范畴。

太极拳表演早期多是出于弘扬武术的目的，如1923年4月，马良、唐豪和许禹生等联合发起在上海举办中华全国武术运动大会，来自上海、北京、天津、江苏和山东的20多个武术社团的选手进行了传统拳术器械的单练和对练表演，上海地区的10多所学校的学生进行了团体武术表演。

新中国成立后，为普及、推广太极拳，国家相关部门组织了多场大规模的太极拳表演，除前文讲述的天安门万人太极拳演练外，作为2008年奥组委首届文化节系列活动之一，2003年9月28日上午，由21个单位组成的11000多人的表演队伍在北京居庸关长城进行了"魅力北京、人文奥运，万里长城万人太极拳表演"；2004年6月27日，来自北京180多个晨练点的爱好太极拳的群众在中华世纪坛进行了万人太极拳表演。

表演类太极拳的锻炼方法与其他两类是有区别的，比如需要排练表演套路、对练时要防止误伤，还要考虑演出的衣着与配乐、背景如何设计才更好看，有的太极拳表演还借鉴舞蹈、体操、柔术等动作。

九、技击类太极拳是怎么回事?

现在许多人争论：传统武术是不是"花架子"？太极拳能不能实战？这些争论主要是因为对太极拳不了解造成的。

太极拳在很多人印象中被神化了，认为所有练习太极拳的人都应该是武术大师才对。这不排除被误导后习惯性思维使然，然而对任何事物都要客观、辩证地看待。

太极拳作为武术拳种，确实具有技击功能。太极拳手交手时，讲究"问""听""化""发"。即首先要探问对方发力的具体情况。如果只想靠一己蛮力战胜对方，那是一厢情愿，事实通常不会像你希望的那样，因为对方是活体，不是固定靶子，知己知彼，才能百战不殆。所以，作为进攻的先导手段，试探对方劲力结构，问劲至关重要。其次是要"听"，搞明白对方劲力的大小、快慢、虚实、方向以及变化，以达到料敌在先，敌微动我先动的效果。再次是"化"解对方进攻的劲力，改变对方攻击的劲力方向，减弱对方劲力的威力，使我处处为虚，对方无从着落。最后在对方毫无抵抗之力时，找准对方最薄弱的地方释放劲力，即"发劲"。发劲要求完整、浑厚，配合一定的呼吸方法和意念运用。发劲质量是衡量太极拳手水平的一个重要标志。

王宗岳《太极拳论》："由着熟而渐悟懂劲，由懂劲而阶及神明。"通俗地讲，太极拳的劲力训练是分层次进行的。首先是消除非太极拳之劲；其次是"明白"太极拳之劲；再次是深化提高所明白的太极拳之劲；最后，豁然贯通，举手投足皆太极拳之劲。前两者为"懂劲"的阶段，后两者属于"阶及神明"的过程。要懂劲，有很多练习、体悟方法，但有两点必不可少：一是要领准确；二是拳架精熟。阶及神明是一个长期的过程，要循序渐进。

太极拳因技击功能很强而广为人知并传承下来。事实上，它的技击功能主要是通过各种增长功力的训练实现的。所谓"练拳不练功，到老一场空"，功是拳的基础，也是拳的高级形态，没有功，拳架子就是空的。

十、为什么太极拳被归入了武术大类?

有人问:太极拳如果不是以技击为主要功能,为什么会被归入武术大类?有人说,过去那些太极拳名家也是靠武功著世的,太极拳也是因技击功能强才广为人知的。举一个简单的例子:一把精美的高级紫檀木明式座椅,摆在那里看着赏心悦目,极具美观性,坐着也很舒适且具有收藏价值。如果被攻击时,人们也可以拿它来抵挡一下,自卫防身。在南方一带还流行在板凳功的基础上创编的板凳拳,但是这并不等于椅凳本身就是武器,而且只能是武器。同样的道理,太极拳是武术,但是它绝不只是武术。

太极拳具有很强的技击功能,归入武术大类没有任何问题。它具有强身健体的功效,有利于全民健身,归入体育大类更是没有问题。太极拳的独特魅力,还在于它不仅能强身健体,还具有丰富的文化内涵和广泛的社会价值。

十一、为什么如今见不到太极拳高手了?

大家通常理解的高手是指武功高强的人。为什么如今见不到太极拳高手了?按照前面说到的表演、养生、技击三大类太极拳,笔者分析原因如下:

表演类太极拳:由于很多人自身不具有较强的技击能力,大多对别人给他们的不能实战的评论不置可否。

养生类太极拳:以养生为目的练习太极拳的人,尤其是从中受益的人,对别人有关技击的评论同样不置可否。别人认同与否,并不影响他们坚持锻炼。

技击类太极拳:如果是因业余爱好而习练,没有经过实战训练,主要是自娱身心,则未必有信心与有备而来的、有一定专长的人比较高低。真下功夫习练的入门弟子,经过多年的磨炼,懂得了内敛,身心趋于成熟。第一,他们会更看重自己的责任,也懂得了太极拳的"不争"之理,不会看重一时的胜负。第二,

"生手怕熟手，熟手怕高手，高手怕失手"，有修养的人是自爱的，而且一个人如果不懂"人外有人，天外有天"的道理，刚学得一些技术就四处炫耀或"以技恃强"，也很难得到真传。第三，"初生牛犊不怕虎，长出犄角反怕狼"，越是经历事情多的人越谨慎，也更知道深浅。

另外，受各种因素影响，很多人也没有完全按照规律习练太极拳，如太极拳《授秘歌》说"无形无象"，变成了若干标准动作的训练；"全身透空"，变成了有形可见的力量训练。

从原始社会，人类在与兽类搏斗及部落战争中衍生出攻防格斗技术，到新中国成立后，武术作为社会主义体育事业的一个重要组成部分，其性质、地位、目的和作用都发生了很大的变化。

从一定程度上说，如今见不到太极拳高手了，是多种因素综合作用的结果。

十二、为什么现在很难再有"武术宗师"？

　　《现代汉语词典》对"宗师"的表述为："指在思想或学术上受人尊崇而可奉为楷模的人。"我的理解，"宗师"是对在思想或学术上造诣很深或开宗立派、独树一帜的人的尊称。

　　在中华武术发展过程中，形成了众多风格各异的武术流派，据1983—1986年挖掘、整理的材料，在清代武坛上"源流有序、拳理明晰、风格独特、自成体系"的拳种逾百个，在特定的历史背景下涌现出武术宗师属于正常的事情。时至今日，人们再想在中华武术的百花园中标新立异，开创新的武术派别已经十分不易。如果只是对已成体系的武术流派细枝末节的理解也不堪成为新的一派。

　　另外，在政策层面，为整治武术乱象，推进武术运动持续健康发展，国家体育总局制定了《关于进一步加强武术赛事活动监督管理的意见》，明确规定：

"五、武术从业人员和习武人员应当树立正确的武术观，不得有以下行为：（一）自创门派、私下约架、恶意攻击、相互诋毁、歧视他人；（二）自封'大师'、'掌门'、'正宗'、'嫡传'等称号，误导群众；（三）以'拜师收徒'、'贺寿庆典'等为名收费敛财，以及其他违背公序良俗的行为；……（六）通过武术赛事和活动从事赌博、诈骗、非法集资等违法行为；（七）利用武术活动场所或指使纵容他人从事宣传封建迷信等非法活动；（八）其他违法违规行为和活动。"

十三、为什么说练太极拳的
最终目的是养生？

　　太极拳是医疗体育的重要内容之一。经常练习太极拳，对调摄精神，促进气血流通，改善内脏器官的功能都有良好作用。

　　为什么说练太极拳的最终目的是养生？王宗岳《十三势行功歌》已经说得很清楚："详推用意终何在？益寿延年不老春。"（太极拳的最终用意是什么？那就是为了延年益寿，追求人的青春不老。）之后又进一步表述："歌兮歌兮百卌字，字字真切义无遗。""若不向此推求去，枉费功夫贻叹息。"太极拳练习讲究内外如一、内外相合。内指精、气、神等，外指力、骨、手、身、步等。外为导引，内为本质，内外高度统一协调成为"合"。这与中国武术"内练一口气，外练筋骨皮"内外兼修的练养理论和方法一脉相承。

十四、为什么说太极拳是最好的养生运动？

笔者充分尊重大家的选择，无意与人争论。太极拳是最好的养生运动，是笔者的个人观点，只供大家参考而已。

（一）笔者认为最好的养生运动应同时具备三个特点。

1.有氧运动。笔者理解的有氧运动是指通过正确的方式使身体在运动过程中吸纳的有益能量比消耗的能量要多。练太极拳时忌讳气喘吁吁，讲究"人在气中，气在人中"。在太极拳中，气是内练的对象，也是一种感觉、一种状态。养气为健康的基础，自古为中国养生家提倡。我们可以认为这是从修身层面说的。

2.快乐运动。快乐运动是以意识的调摄为先导，从心性、意、气开始，自内向外使形体得以充分运动，达到身心中和的练养。太极拳"是一种很有趣味的运动，练拳时周身感觉舒服"（王培生《王培生·吴式太极拳诠真》）。我们可以认为这是从心理角度说的。

3.终身运动。这一点太极拳是当之无愧的，它不仅人人可练，而且人至耄耋之年仍可以练，并且随着对拳理的理解不断加深，功力不断增长，还不断有新的收获。这是从时间维度说的。

（二）太极拳还有很多其他的优点。

1. 不受时间限制。太极拳随时可练，而且每次锻炼的时间长短也完全可以自行掌握。

2. 不受空间限制。"拳打卧牛之地"，太极拳适应性很强，对空间等不过分依赖。

3. 不容易受伤。太极拳要求静心用意，以意识引导动作，身体保持舒松自然，动作轻柔自然等，这些特点决定了练太极拳受伤的概率是相对较小的。有人说练太极拳容易伤膝盖等，练太极拳时伤到膝盖等的人，多是因为练的方法不正确，盲目追求"低架势"，或者急于出"功夫"，违反了道法自然的规律。太极拳是纯任自然的。

综上所述，笔者认为太极拳是最好的养生运动。

十五、为什么太极拳不提倡挑战
自身可承受的极限呢？

为什么太极拳不提倡挑战自身可承受的极限呢？因为不符合道法自然的规律。

《黄帝内经·经脉别论篇》："生病起于过用，此为常也。"意思是生病的原因，多是由于体力、饮食、劳累、精神等过度，这是一定的。适度、合理、科学地运动，才能达到养生效果。过度的锻炼只能是"耗"，而不能"养"。练太极拳，如果违反生命自然规律，一味强练、硬练，过分强为，不注重阴阳调和，不注重练养结合，往往会对身体造成伤害，"十练九伤"。所以，练太极拳应自然而为，不可急于求成。

所谓"无过不及，随曲就伸"，就是讲练太极拳要把握"中"的原则，保持最适度的状态，身体中正，意念中和，顺应人体的自然规律。

十六、为什么总有人说练太极拳容易伤膝盖？

有人说练太极拳容易伤膝盖。膝盖受伤并不是因为太极拳本身有问题，而是练习方法不当所致。第一，太极拳一切技术行为的出发点是"松"，即精神状态松弛，呼吸轻松流畅，形体舒展放松，动作松柔等，若肌肉僵硬、动作涩硬就可能受伤。第二，练太极拳讲究"度"，身体的运行不要越界，也就是练习时要"三尖相对"，鼻尖、膝尖、足尖上下在一条直线上。若练拳时不得要领就会增加膝盖的承重，使膝盖受伤。第三，要"轻"，即动作轻灵且有着落，全身高度放松，不用僵力，肌肉与气血高度协调，一致运作。

练太极拳要根据每个人的身体状况适度进行，既不能急于求成，也不能强练、硬练，一旦违反生命自然规律，就容易对身体造成伤害，比如膝盖受伤等。

十七、练太极拳能治疗疾病吗?

首先我们不要把任何事物神化,世界上根本不存在无所不能的事物。从养生角度而言,练太极拳可以让一个人保持在比较好的状态,提高身体素质以及幸福指数,特别是对很多慢性病的改善较有成效。据《中国武术大辞典》:"经常练习太极拳,对于中枢神经系统、血液循环系统、呼吸系统等均有良好的作用。太极拳具有健身作用和治疗疾病的功效,而成为国际医疗体育项目。"太极拳具有治疗疾病的功效并不等于练太极拳就不会生病。如前文所述,不正确的锻炼方法也可能导致身体受到伤害,不良的生活方式、不良的生存环境、不良的情志等均可能导致发生疾病。

为说明太极拳健身治病的原理和方法,人民体育出版社于2003年出版了《实用太极拳防治百病手册》。《实用太极拳防治百病手册》对各类疾病的分类太极拳健身防治方法进行了针对性的说明，并介绍了一些被临床证明行之有效的太极拳变通健身法，感兴趣的读者可以自行赏读。

十八、坚持练太极拳能减肥、养颜吗?

　　坚持练太极拳能减肥、养颜吗? 这个问题和前文所述太极拳的养生功效一脉相承。太极拳作为医疗体育的重要内容之一,对调摄精神,促进气血流通,改善内脏器官的功能都有良好作用,这是毋庸置疑的。

　　关于太极拳的养生健身功效,前人多有表述,大家关心的减肥、养颜功效也有提及,笔者撷取两段,以飨读者。

　　王培生《王培生·吴式太极拳诠真》:"从一开始练起,身上就会产生一种特别舒适的感觉,而这种感觉只可意会,非笔墨能形容其妙! 一直练到收势,始终保持使每个动作都能做到如所想象的感觉,并长存不懈。入静的时间越长,大脑休息得越好,对身体健康帮助越大。"

　　董英杰《太极拳释义》:"肥胖腹大之人","若能每日练三次太极拳。可使血脉流通。以心行气。无微不至。犹如树木将枯。每日用水滋润之。即能渐复青葱。练拳能悦颜色。助精神。减少疾病", "千金难买也"。

十九、练太极拳有哪三个大的层次？

练太极拳大体可以分为三个大的层次：术、德、道。这三个层次并不是截然分开的，而是相互融通的。

（一）第一个大的层次：术（技术）。刚开始接触、练习太极拳时，懵懵懂懂，只是喜欢，虽满心憧憬，却一片迷茫。这个阶段一切都靠老师手把手地教，一个动作一个动作地喂劲，一点一点地成长。

所谓"拳打千遍，其义自现"，即强调坚持多练拳的必要性。拳的学习既需要老师的指导，又需要自己领悟，还要不断地练，多练是必不可少的环节。太极拳的许多精髓，不练到一定的程度是难以领会的。王宗岳《太极拳论》："由着熟而渐悟懂劲，由懂劲而阶及神明。然非用力之久，不能豁然贯通焉！"说的是同样的道理。练太极拳在"术"的层次需要遵循规律，长期坚持，循序渐进。

（二）第二个大的层次：德。德，即修德。前面说过，太极拳是一种内外兼修的拳术。中华武术有着丰富的伦理思想，这些伦理思想的具体化，便是武术道德。"武以德立"，"德为艺先"。修德即练武与修身统一，以道德规范武术行为。练武不仅是为掌握技击技术或健身娱乐，更是一种人生态度与人格的修养。

（三）第三个大的层次：道。常听人说，人生最大的修行是在红尘中的修行。在现实社会中，面对人生种种遭遇，始终坚持修身修德，知行合一，砥砺前行，并尽己所能回馈社会，这是练太极拳的道的层次。

二十、为什么说太极拳以修心为上？

张三丰《道言浅近说》："大道以修心炼性为首"，"修心者，存心也；炼性者，养性也"。《易外别传》："内炼之道，贵乎心虚，心虚则神凝，神凝则气聚，气聚则兴云为雨与山泽相似。"

练太极拳是非常容易也非常难的。说容易，是因为太极拳人人可练且随时随地都可以练习；说难，是因为练太极拳需要长期坚持，而且不仅修身还要修心。

据牛松然《心理养生四要素》，心理养生即修心的四要素为善良、宽容、乐观、淡泊。

善良。与人为善，心存善良，会始终保持泰然自若的心理状态，把身体血液的流量与神经细胞的兴奋度调整到最佳状态，提高机体抗病能力。

宽容。理解和原谅，可使人倍感轻松。若只知苛求于人，则会因常处于不满意、不知足的状态而导致神经兴奋、血管收缩、血压升高，损害身体健康。

乐观。它能激发人的活力与潜力，利于解决矛盾，逾越困难；反之，悲观则容易产生消极等负面情绪，使人悲伤、痛苦，影响身心健康。

淡泊。恬淡寡欲，就不会得而大喜，失而大悲。淡泊的心态使人始终处于平和状态。

《孟子·尽心下》："养心莫善于寡欲。"思想修养的最高境界，就是克制各种欲念。种树者必培其根，种德者必养其心。做人之基为修德，修德之重在修心。人能克己身无患，事不欺心睡自安。

习练太极拳，心意为核心，形体为其外在表现，正所谓"先在心，后在身"。

二十一、练太极拳的关键要素是什么？

"蘑菇定律"告诉我们，长在阴暗角落的蘑菇得不到阳光，常面临自生自灭的境况，只有不断向上生长，才能拥抱阳光，接受雨露的滋养。如果身处黑暗角落的时候它放弃了，也就意味着生命到尽头了。练太极拳也是一个道理。这就是我要讲的练太极拳的关键要素，也是我习练太极拳近30年的感悟。

《侠客行》的主人公石破天，是我心目中金庸笔下武林第一高手。石破天心性仁厚，无私无我。因为心中始终有"信"，石破天参透了侠客岛的武功秘籍《太玄经》，成为众人梦寐以求的绝顶高手。

练太极拳也要心中有"信"，拥有坚定的信念，然后遵照客观规律，循序渐进，长期坚持，不断地下苦功夫、实功夫、细功夫，才可能品其真味、悟其真理、得其真传。

二十二、太极拳的实际养生效果如何？

王培生在《王培生·吴式太极拳诠真》"太极拳的实用价值"一节写道："通过如此轻灵、活泼和自然的运动，在外观表现为慢、缓、匀、松、静的形象。若按此运动规律演练日久，可以改变人的性格、形体，原来性情暴躁能转为和蔼可亲之人；原来体态臃肿者可转变成一位丰腴合度的人；原是一位身体瘦弱、弱不禁风者，亦可转弱为强，转变成一位体形匀称而英俊的人。"由此可知，太极拳的实际养生效果，取决于是否按"运动规律演练日久"。

二十三、中华文化的核心是什么？

中华文化的核心是"和"。

日常生活中待人处事讲究"和为贵""家和万事兴""和气生财"等。《道德经》第四十一章："万物负阴而抱阳，冲气以为和。"阴阳平衡为"和"，阴阳对立统一为"和"。故宫三大殿是"太和殿""中和殿""保和殿"，皇家园林叫"颐和园"。在汉语词汇中，也常见到"和合""和睦""和谐""和平""和顺""和易"等。养生的最高境界就是"和"，是与自身内在的"和"，以及与大自然的"和"。足可见"和"深入人心，无处不在。

习近平总书记在文化传承发展座谈会上的讲话中指出："中华优秀传统文化有很多重要元素，比如，天下为公、天下大同的社会理想，民为邦本、为政以德的治理思想，九州共贯、多元一体的大一统传统，修齐治平、兴亡有责的家国情怀，厚德载物、明德弘道的精神追求，富民厚生、义利兼顾的经济伦理，天人合一、万物并育的生态理念，实事求是、知行合一的哲学思想，执两用中、守中致和的思维方法，讲信修睦、亲仁善邻的交往之道等，共同塑造出中华文明的突出特性。"

太极拳练习要领"内三合"即心与意合、意与气合、气与力合，"外三合"即肩与胯合、肘与膝合、手与脚合。拳学理论家认为阴阳相合为太极，太极就是"中"的概念，练拳就是"守中用中"。太极拳理法认为，中和是生命平衡的条件。"内三合"、"外三合"、阴阳相合、"守中用中"、中和等都是中华优秀传统文化的重要元素在太极拳中的体现。

二十四、练太极拳时如何感受天人合一?

"天人合一"最早由战国时子思、孟子提出,认为人与天相通,人的善性天赋,尽心知性便能知天,达到"上下与天地同流"。庄子认为"天地与我并生,而万物与我为一",人与天本来合一。董仲舒强调天与人以类相符,"天人之际,合而为一"。宋以后思想家则多发挥孟子与《中庸》的观点,从"理""性""命"等方面来论证天人合一。天人合一各说,力图追索天与人的相通之处,以求天人协调、和谐与一致。笔者只谈一些练太极拳的感受。

练太极拳,分清阴阳后才能越练越精。最初,师父是要求我们到公园去伸手感受某棵树的阴阳两面的冷热温差,再后来是感受不同物体的温差。类似的练功方法还有很多,都是为了让我们感受人与大自然的和谐相通,也是天人合一的思想在太极拳中的体现。

自古习武者都非常注意在练习的过程中和气候等外在的自然环境相协调，顺乎自然，以此求得物我、内外的平衡，达到阴阳平和。

二十五、为什么说太极拳是中华民族精神的肢体语言表现？

太极拳彰显了中国人立身于世的"正身""正心"的价值追求，能够很好地塑造人的精神气质，提升人的健康水平。太极拳中正安舒，圆活不滞；太极拳不骄不躁，外柔内刚；太极拳丰富多彩，博大精深；太极拳海纳百川，上善若水；太极拳提升自我，不苛求于人；太极拳知微知彰，道法自然；太极拳日日求新，永无止境。太极拳练的是身体，修的是心，"正"的是自己，"和"的是他人，惠的是世界。

太极拳不仅能够很好地体现中华优秀传统文化的重要元素、文化底蕴深厚，而且展现出了中华力量、中华气度。每一位中华儿女都应该练一点太极拳，科学养生，内外兼修。

二十六、为什么说太极拳是真、善、美的代表？

关于"真"，太极拳追求的是真理，讲的是道理。尽管真理往往掌握在少数人手里，可是真金不怕火炼，真理越辩越明，而且太极拳讲的是人世间最根本的理。

关于"善"，《道德经》谓"天地不仁"，是因为天地一视同仁，只遵规律。太极拳也是这样，不管是谁，只要按照正确的方法坚持练习就一定会有收获，而且每练一次就有一次的收获，循序渐进，阶及神明。《道德经》第五十一章："生而不有，为而不恃，长而不宰，是谓玄德。"养育万物却不占为己有，造就万物却不自恃己能，长养万物却不自作主宰，这就是"道"的最高境界。太极拳亦如此，潜移默化，惠及众生。

太极拳的"美"是肉眼可见的。太极拳之所以有一种说不出来的美感，除了动作典雅古朴、舒展大方之外，还有一条是很多人不知道的，就是太极拳是讲究对称的。如云手，以腰为轴，配合腿脚，上下协调一致地旋转身体，带动手臂环形运转，连绵不断，行步过程中身体始终保持中正。至于太极拳的内在美，比如内外兼修，是需要用心去感受的。

简言之，太极拳求的是道理的"大真"，行的是"大善"，呈现的是难见其全貌的"大美"。

二十七、练太极拳为什么要强调武德？

《资治通鉴·周纪》："才德全尽谓之'圣人'，才德兼亡谓之'愚人'；德胜才谓之'君子'，才胜德谓之'小人'。"德才兼备称之为"圣人"，无德无才称之为"愚人"；德胜过才称之为"君子"，才胜过德称之为"小人"。

从武术角度说，一个人是否强壮、是否武功高强，那只是一个方面，武德才是最重要的。所谓"武德"，是指练习武术的人所应遵循的道德规范，以及与之相适应的道德观念、情操和品质。"武以德立"，"德为艺先"。著名武术家孙禄堂指出："拳术中亦重中和，亦重仁义。若不明此理，即练至捷如飞鸟，力举千钧，不过匹夫之勇……若练至中和，善讲仁义，动作以礼，见义必为……"

武术是用来自卫防身的，不是用来恃强争胜的，更不是用来行凶作恶的。武德是练武与修身的统一，练武即修身，"未曾学艺先识礼，未曾习武先明德"。

武德不仅事关自身学得武艺的真谛、完善道德品质，也是社会的要求和约束。武德修养的高低一定程度上决定了练就技术水平的高低。

武德具有时空流动性，在不同的历史时期、不同的社会环境中有不同的内容。

二十八、为什么说练太极拳要"文武双修"？

　　文武，文治和武功，文才和武艺。《史记·郦生陆贾列传》："文武并用，长久之术也。"《旧唐书·李光弼传》："蕴孙、吴之略，有文武之材。"形容人才能杰出、全面，常说"文武兼备""文武双全""文武兼济"等，形容文治、军备达到理想要求用"文修武备"等。孙禄堂说："试观古来名将如关壮缪、岳忠武等，皆以识春秋大义，说礼乐而敦诗书，故千秋后使人生敬仰崇拜之心。"

　　具体到太极拳的练习上，一个人如果具备了良好的"文"的基础，领会太极拳理法会相对比较容易。练习太极拳不仅需要传统文化的滋养，而且需要在练习的过程中，能够更好地理解太极拳文化的内涵，从而使练习者内心形成对中华文化的认知。以文润武，"文武双修"，方能内外兼修。

二十九、为什么太极拳被称为"哲拳"?

中华武术之所以具有神奇的魅力，更根本的原因在于它蕴含着深刻的东方哲学思想。因此，从哲学层次上探讨武术的思想渊源，认识武术所包含的古典哲理，对于更好地把握武术的特征具有十分重要的意义。

太极拳是以哲理阐发拳理的拳术，所以被称为"哲拳"。

古典哲学用"道"来表示宇宙万物的本原。《太极拳论》："虽变化万端，而理唯一贯。"在万千变化中贯串着一个"理"，这个"理"就是武术的本体，也就是"道"。《道德经》第四十二章："道生一，一生二，二生三，三生万物。"太极拳的根本思想亦认为根本的"理"，生出了阴阳、动静、刚柔、虚实等相反相成、互为因果的千变万化。

太极与阴阳的观念是中华传统哲学的核心，对中华文化有广泛而深刻的影响。"太极"和有关太极的思想对武术的影响集中表现在太极拳上。

阴阳是中国哲学史的一对范畴，本义是指日照的向背，后用以指两种相互对立的气或气的两种状态。《易传》对阴阳概念做了重要的发挥，"一阴一阳之谓道"，认为阴阳交替是宇宙的根本规律。王宗岳《太极拳论》："阴不离阳，阳不离阴；阴阳相济，方为懂劲。"武禹襄《太极拳解》："曲中求直，蓄而后发。收即是放，连而不断。极柔软，然后能极坚刚。"这些拳理都反映了《易传》中"刚柔相推，变在其中""知微知彰，知柔知刚，万夫之望""分阴分阳，迭用柔刚"的思想。

太极拳的"哲"具体表现在，首先，太极拳始终处于运动之中，动作衔接紧密，劲断意不断，势断意相连，拳势如春蚕吐丝绵绵不断。其次，太极拳运动是对立统一的矛盾运动。最后，太极拳中存在着刚柔、虚实、动静、快慢、开合、屈伸等诸多矛盾，这些矛盾是对立统一又相互转化的。

三十、为什么说道家理论让人感觉是"反向"而求?

《道德经》云"正言若反",即正话有如反说,合乎大道的正理说起来却好像反语一样。"正言若反"集中体现了老子的辩证法思想。比如"多藏必厚亡","知止不殆,可以长久"。过多地聚敛货财必然会招致更为严重的损失,懂得适可而止不贪婪聚敛,心适然而身安逸,当然就可以长生久视,长治久安了。再如"不以兵强于天下","物壮则老"。不恃武力来逞强天下,事物的规律就是强壮至极则逐渐走向反面而衰老、衰败。凡此种种,大多至理都"正言若反"。"信言不美,美言不信。""反者道之动。"老子认为,由"道"产生的任何事物都是相反对立,并按照"反"这个运动规律不断循环变化的。

说到太极拳,要想练刚,则先要练柔,极柔软然后才能极坚刚。柔软功夫练到一定程度，自然向坚刚转化，百炼钢化为绕指柔。这些都是朴实的、富有哲理的"正言"。

三十一、怎么理解太极拳的 "利万物而不争"？

"不争"是老子处世哲学的一个重要准则，他从观察论证自然之现象而得出"人之道，不争而善胜"，故为人处世"不争"而无忧，天下莫能与之争。

《道德经》第八章："上善若水，水利万物而不争。"最高的善就像水一样，滋润万物又不与万物相争。前文所述太极拳的真、善、美正是它"利万物而不争"的具体体现。

《道德经》第八十一章："圣人之道，为而不争。"圣人的行为准则，是为他人效劳却不与人相争。

人生最曼妙的风景，不过是静而不争。知足常乐，得之坦然，失之泰然，自在随缘，保持一颗平常心，人生就会少很多烦恼。人生一世，应该是一个不断与自己、与世界和解的过程。不争是人生至境。不争，不是不追求，而是不强求。

三十二、为什么说"无为而无不为"不是消极的处世观?

首先,老子作为春秋末期伟大的哲学家、思想家,不可能有一种观点,低级到被认为"是消极的",这不符合逻辑。

《道德经》第三十七章:"道常无为而无不为。"意思是"道"是无为的,却没有一件事不是它所为的。"无为"即道家主张的清静虚无,顺应自然。老子认为,"道"是客观存在的,不以人的意志为转移,人们如果顺应自然不妄为,因时、因势、因"道"而为,就"无所不能为"。《道德经》第四十八章:"为学日益,为道日损,损之又损,以至于无为。无为而无不为,取天下常以无事。"老子的"无为"思想主张透过直观体悟,不断地除去私欲妄见,使人返璞归真,最终达到"无为"的境界。"无为"在于避开前进中存在的矛盾和问题从而占据主动,以达到"无不为"的最终目的。所以,"无为而无不为"是首先做到不妄为,然后才能有所作为。

三十三、太极拳为什么不容易被理解？

《道德经》第七十章："吾言甚易知，甚易行。天下莫能知，莫能行。"意思是：我的理论非常容易懂，也非常容易做到。但天下却没有人能够真的全面理解，更没有人按照我说的去做。《太上老君内观经》："老君曰：知道易，信道难。信道易，行道难。行道易，得道难。得道易，守道难。守而不失，乃常存也。"说的就是悟道的知、信、行、得、守五大难。

太极拳是以哲理阐发拳理的拳术，"虽变化万端，而理唯一贯"。太极拳内功、内劲层次丰富，技术上尚巧善变，临敌随曲就伸，舍己从人，"变化万端"。但无论是哪种太极拳，无论是练拳架还是运用于技击实践，所遵循的基本法则是统一的，即太极之"道"，符合阴阳变化的规律，这是太极拳的科学内核。太极拳的"道"最核心之处在于健康，健康的精神、健康的追求、健康的形体。

如果习练者只是学习太极拳的动作套路，是比较容易的，但如果想学深入，有更多"道"的收获，是很难的。练太极拳者如果只求姿势好看，只练技巧，那永远只能在技术层次，所谓"有术无道，止于术"，很难成就大家风范。

《道德经》第一章："玄之又玄，众妙之门。""门"即一切奥妙变化的总门径，是玄妙又玄妙、深远又深远的。太极拳之所以不容易被理解，就是因为太极之"道""是玄妙又玄妙、深远又深远的"。

三十四、为什么说太极拳理论
与传统医学理论是相通的？

在中国文化发展史中，传统武术与传统医学有着共同的理论渊源，"医武同源"，相互融合、渗透，又共同丰富、发展。

中医认为"通则不痛，痛则不通"，主张保持人的气血通畅。王吉星《人与血管同寿》："人的动脉在不断硬化阻塞；当重要器官（心、脑）梗塞坏死之日，人也就到了寿终正寝之时。故有人形象地把血管比作'生命的蜡烛'。"太极拳养生理论主张通过锻炼使人气血通畅，养护血管。

太极拳锻炼就是通过均匀、持续、整体、有力、无阻碍的运动，使人保持气血平稳，从而达到养生的目的。《黄帝内经·素问·上古天真论篇》："提挈天地，把握阴阳，呼吸精气，独立守神，肌肉若一，故能寿敝天地，无有终时，此其道生。"（远古真人）掌握天地造化之机，把握阴阳变化的规律，吐故纳新，精神内守，形体肌肉保持协调如一，所以他们的寿命能够长久，且与天地同在，没有终结之时，这是因为他们掌握了养生之道。

"拳起于易，理成于医"，形神合一，内外兼修，内养性情、外练筋骨等养生思想和健身之道即中国武术吸收传统中医的整体观和综合观理论形成的。

整体观理论层面，张景岳《类经》："精能生气，气能生神，营卫一身，莫大乎此。故善养生者，必宝其精，精盈则气盛，气盛则神全，神全则身健，身健则病少，神气坚强，老而益壮，皆木乎精也。"太极拳论曰："天有三宝：日、月、星，人有三宝：精、气、神。"精实则气充，气充则神旺，神旺则形全。

综合观理论层面，《黄帝内经·素问·阴阳应象大论篇》："阴阳者，天地之道也，万物之纲纪，变化之父母，生杀之本始，神明之府也，治病必求于本。"中医主张从人体生理机能的整体性出发，注重整体论治和辨证论治，认为阴阳是诊断和治疗疾病的根本。

阴阳学说是太极拳的重要理论基础。太极拳理论认为，"阴阳明而手足得其用，虚实定而攻守得其宜"，掌握了阴阳的基本规律，身体各部分的运用就会最大限度地发挥功效。

　　五行学说、经络学说等均是太极拳理论与传统医学理论相通的具体体现。

三十五、太极拳中的"性""命"是什么意思？

庄子认为性是人生来就有的素质，命是生死自然之理。"性命双修"是太极拳内功术语，性一般指精神、神志、心理活动因素等；命指有关生理基础，包括形体、气血、内脏器官等功能。在太极拳理论中，前者为阳，后者为阴。所谓阳不离阴，阴不离阳，也就是李道纯《性命论》中说的"性无命不立，命无性不存"。神过用会耗竭，要"养神"，或者尽量少劳神，所以太极拳主张"神宜内敛"；形体过累会损坏，要养形，形靠气养，所以太极拳主张"气宜鼓荡"。性命双修就是形体和功能并重，身心兼顾，通过形体的有效锻炼，达到对各种生命要素的全面养护，意形结合，实现性、命的完整锻炼。《十三势歌》："若言体用何为准？意气君来骨肉臣。"练"意"是根本，是核心，"意"为源，无源之形体为枯朽。

对身体的自然衰老人们几乎无能为力，但对"真我"（心理）的变化人们可以自己把握。太极拳通过性命双修，"内固精神，外示安逸"，内实精神，外安躯体，固本强元。

三十六、为什么说太极拳原理与兵法相通?

太极拳原理与兵法相通，在《道德经》中均可找到依据。唐代王真说:"五千之言……未尝有一章不属意于兵也。"苏辙《道德真经注》:"此几于用智也，与管仲、孙武何异?"王夫之说，"言兵者师之"。李泽厚在《中国古代思想史论》中说:"传言十年前毛泽东同志说过，《老子》是一部兵书。前人也有此论议。"

从太极拳推手的攻防理论来看太极拳原理与兵法相通之处，比如兵法中有一字长蛇阵，即将兵力首先一字排开，再行变化。在太极拳中，讲究"击头则尾应，击尾则头应，击中则头尾相应"，即出手攻击时，如果对方格挡，就立即改用肘、肩攻;如果中间的肘攻被防，则改用手攻或肩攻，再或者指上打下、指下打上、声东击西等等。再如兵法中的二龙出水阵是分兵出击，攻对方两翼，使其分散注意力，不知侧重。太极拳中的双峰贯耳也是如此，两手成拳自下而上圆弧运行夹击对方两耳。

王皙曰："善战者，能任势以取胜，不劳力也。"善于打仗的人可以利用形势取胜，不用费力气。这与太极拳重练"势"轻练"式"，"用意不用力"异曲同工。

谋略方面，李筌曰："善用兵者，以虚为实；善破敌者，以实为虚。"太极拳理论有"虚中有实，实中有虚""左重则左虚，右重则右杳"，以及避开对方来势而打击对方的空处的"避实击虚"之法，等等。

三十七、茶道的"茶禅一味"与太极拳有什么相通之处？

我们去茶馆时，经常能看到"茶禅一味"的字幅。"茶禅一味"意指禅味与茶味是同一种兴味。茶与禅的相通之处在于追求精神境界的提纯与升华。大家知道，茶道的饮茶重在"品"。细品方知茶之味。茶道之"道"，有多种含义：一是宇宙万物的本原、本体；二指事理的规律和准则；三指技艺与技术。茶道是有关修身养性、学习礼仪和进行交际的综合文化活动。"茶禅一味"是告诉人们，品茶是一种文化，更是一种基本方法，要慢慢去感受茶的滋味。一壶茶可品半日，那份怡然自得，妙不可言。所谓"禅"，即如"单衣"一样，一层一层由表及里，用心感悟，才得茶之真味。太极拳也是这样，由表及里，练习者用心感悟才能领会其奥义。

三十八、为什么说书法与太极拳是同理同源的?

　　书法与太极拳都是中华优秀传统文化的代表。汉字是世界上最古老的文字之一。书法是文字的书写艺术,中国书法艺术已有3000多年的历史。在世界美术史上,文字的书写能成为主流的艺术,中国的书法是孤例。以圆锥形毛笔为主要书写工具的中国书法,将阳刚之美与阴柔之美完美结合。书法艺术,在技法上以意行气,以意行力,不使拙力,又不可轻描淡写,力透纸背,成字或端庄大气,或拙中寓巧,每笔绝无随意,章法规制严谨。在行功方面,周汝昌说,"执笔的右手要往右行,可是好像'左方'有一个无形的力在牵掣着,不让它右行(往左拉),因此右手必须和它作'斗争',在'斗争'中行笔"。这与太极拳的对拉练功有异曲同工之妙。

　　笔者认为书法与太极拳是同理同源的,大致表现在如下几个方面：一都是刚柔相济，以柔克刚。二看似随意，富含变化，张弛、疏密、轻重、急缓都有章法。三都强调用意，书法是"以神御形""笔断意不断"，太极拳是"意气为君""劲断意不断"。四都讲究"势"，比如书法"点如高峰坠石"，太极拳以"势"求巧。五都需要练"慢功"。六都有以心养身的作用。七都易学难精，练到一定境界时会自然而得。正如唐孙过庭《书谱》中所说："同自然之妙有，非力运之能成。"

　　有人曾说，太极拳是空中的书法，书法是纸上的太极！打一趟太极拳就好比完成了一幅书法作品，心旷神怡。

三十九、为什么说太极拳和围棋的宏大智慧相似？

《世本·作篇》云："尧造围棋。"张华《博物志》云："以教子丹朱……故作围棋以教之。"如今，围棋已成为开发智力、交友论道的一个很好的平台。围棋千变万化，有"千古无重棋"之说。对弈时，见微知著，运筹帷幄。"观棋不语真君子"，坐听惊雷而面不改色。下围棋也称为"手谈"，需要会棋技、懂手筋，更要讲棋势、懂取舍、看大局、论棋道、有棋风、展棋品。太极拳也是看大局、讲技术、懂手法、明取舍、重武德、有风格、论拳道。

如果说围棋是"寓武入文"的话，那么太极拳就可以说是"寓文入武"。

四十、太极图是什么意思？

太极图是太极理论的图示，太极拳中也常借其来阐释拳理，如杨澄甫所著《太极拳使用法》即运用了太极图说明拳法。太极图的流传式样有多种，在拳术及内功修炼中影响较大的主要是两种。其中一种太极图出现较早，又称为"古太极图"，即大家常见的黑白阴阳太极图。这种太极图是一种宏观的模式，为阴阳运动规律的意象表述。另外一种太极图也称为"无极图"，是宋代著名学者周敦颐根据陈抟所传的无极图和道教的太极先天图所绘。这种太极图详细描述了万物生成、发展的过程及内在规律。《太极图说》是周敦颐对所绘太极图的说明。笔者只对大家常见的黑白阴阳太极图进行部分含义的解读。黑白阴阳太极图看似简单，一个圆圈、一条"S"线、一黑一白两个圆点、两个阴阳鱼图形，但是内涵极其丰富，包含了《易经》的大义要旨。

　　简单来说，太极图的含义，第一是哲学辩证的思想，黑为阴，白为阳，阳中有阴，阴中有阳，任何事情都不是绝对的，是辩证的、相对的。第二，事物的运动不是盲目而无规律的，是有内在规律的。第三，两个阴阳鱼环成一圆，表示阴阳共处一体，互相生成、互相克制、互相转化。第四，"S"线为太极线，象征平衡和谐的状态。

四十一、太极拳的抱拳礼是什么意思？

抱拳礼是拳家礼节，旧时武道同行见面时抱拳打躬，以示敬重恭谦。行抱拳礼时，右手握拳，左手为掌，两手抱握屈肘于胸前，拳心向下，掌指向上。还有一种抱拳礼，是右掌左拳。现在，抱拳礼成了武术教学和竞赛中的礼仪。

太极拳处处强调弧形运动，体现出圆的特征，所谓"足随手运，圆转如神"。为了富于变化，练太极拳时通常是空心拳，即四指回握形成小圆。行抱拳礼时也通常是左手抱着右手的空心拳，有虚心之意。左手为文，右手为武，练拳者行抱拳礼，通常是表明本人明白武术的真正意义。

抱拳礼可以表达多种意思，比如表达对同为习武之人的敬意，表达不得已而动武的歉意，或者对高手表示感谢，对弱于自己的对手表示礼让，表达希望双方"点到为止"，等等。抱拳礼是一种礼节，也是武德的表现。

四十二、练太极拳对环境和服装有什么要求?

从养生的角度说，练太极拳最好选择空气清新、有较多绿色植物、清静，有适当空间感、稳定感的自然环境。选择优美、清静的自然环境作为练功的场所，使个人的身心皆融于大自然之中，与大自然和谐相通，从而求得物我、内外平衡，达到阴阳平和。

关于服装，如果是表演类太极拳，自然是以美观为主。如果是自我锻炼，宜选择宽松、舒适的服装，便于身体气血运行。至于颜色，看个人的喜好，无特别要求。

如果从太极拳文化的角度，推荐简单的白色服装。简单的白色服装更能凸显太极拳的典雅古朴、舒展大方、行云流水、赏心悦目却又富含变化，张弛有度，至柔至刚。

还有一种太极拳服装是半白半黑的，代表阴阳变化，具有动感和经典的美感。

四十三、为什么传统养生类太极拳练习时不播放音乐？

传统养生类太极拳练习时不播放音乐，笔者分析原因如下：第一，从时间来看，过去没有现在的这些电子产品，基本不具备一边听音乐，一边练太极拳的客观条件。第二，现在练太极拳时播放音乐，多是受到环境的影响。虽然锻炼时播放音乐有很多好处，比如能够帮助人们放松等，但是在大多数情况下，听音乐时注意力是在身体之外的，总想着自己的动作要和音乐合拍，或者与别人合拍。传统养生类太极拳练习时之所以不播放音乐，是因为它是将意念收于体内，"以心行气"，运用意念引导内气的运行。

四十四、当今人们对太极拳的印象是从哪里来的？

静下心来想一想：我对太极拳的印象是从哪里来的？大多数的人对太极拳的印象主要源于以下几个方面：一是武侠小说；二是影视剧；三是舞台表演；四是锻炼的人们；五是培训老师。再深入想一想：我是否被误导了呢？比如武侠小说、影视剧等属于文学作品，文学是一种艺术创造，虚构性、想象性和创造性是它的重要特征。文学的形象需要借助词语唤起人们的想象才能被欣赏，它的倾向性决定了人们通过武侠小说、影视剧等获得的对太极拳的印象具有局限性。再如通过参加培训学练太极拳的人，对太极拳的印象自然来自培训老师。他们对太极拳的印象如何，很大程度上取决于培训老师的个人认知。

四十五、为什么太极拳讲究
"师父领进门，修行在个人"?

"师父领进门，修行在个人"，如果说前者是成功的可能性，那么后者则是成功的必要性。太极拳"入门引路须口授"，确实如此。如果有人说自己看着光盘就能学会，那只能说他还没有真正了解太极拳。如果没有明师指点，没有一对一的答疑解惑，没有手把手地一次次喂劲和每个阶段的纠正偏差，只靠自己摸索，是很难领会太极拳深奥的理法的。事实上，即使有师父言传身教，个人所能达到的高度也是因人而异的。

为什么强调"修行在个人"呢？一方面师父虽然将我们"领进门"，但不可能"领"我们一辈子。另一方面"修行"是无止境的，"太极十年不出门"，太极拳功夫精深，需静心揣摩，长期习练。

太极拳理法"练拳五心"可以看作是对"师父领进门，修行在个人"的具体阐释。"练拳五心"即太极拳家陈正雷认为，要练好太极拳应该树立五心："一曰敬心，培养良好的道德品质，敬业敬师；二曰信心，一方面指练好拳的自信心，另一方面是待人接物真诚信义；三曰决心，练习太极拳须决心下定，方能立志；四曰恒心，就是持之以恒练习太极拳；五曰耐心，如果缺乏耐心，仍不可能练好太极拳，一是太极拳行功走架要求松静、柔和、缓慢，如果没有足够的认识和思想准备，就不可能心平气和地长期练拳，极易产生急躁情绪，结果适得其反。"

四十六、为什么说"太极十年不出门"?

"太极十年不出门",是说太极拳功夫精深、层次丰厚,反复揣摩,不断有新的内容,需长期体验习练方可登堂入室。"十年"是形容时间之长。

庖丁解牛的故事大多数人很熟悉。厨师庖丁替文惠君宰牛,他的技术十分娴熟,刀子在牛骨缝中灵活地移动,没有一点障碍,而且很有节奏。文惠君看呆了,一再赞叹其技术好,庖丁说,他宰牛的刀已经用了19年了,对牛的结构完全了解了,他"依乎天理",顺应自然,顺着牛体的自然结构来运刀。文惠君听完庖丁的话叹道:"善哉!吾闻庖丁之言,得养生焉。"从"所见无非全牛",经过"未尝见全牛",到"神遇而不以目视,官知止而神欲行",是由"技"进于"道",从具体进入抽象,从特殊进入一般,由个别得出普遍。"道也,进乎技",在于确切认识牛的天然生理结构。

练习太极拳同庖丁解牛一样,"由着熟而渐悟懂劲，由懂劲而阶及神明"，需要要领准确、拳架精熟，然后才能渐渐明白太极拳的劲力。明白了太极拳的劲力，再深化提高所明白的太极拳的劲力，最后豁然贯通，"阶及神明"。

人做事情难的往往不是选择，而是选择之后的坚持。唯有热爱和坚持，才能把一件事情做到极致。"一事精至，便能动人，亦其专心致志而然。"(《南村辍耕录》)

四十七、为什么说太极拳 "说拳不是拳""说手不是手"？

拳术是徒手的武术。太极拳是一种传统拳术，但不是一般意义上的"拳"，它"以心行意，以意导气，以气运身"，心为最内核的部分，是人的本性、本能对自然的体悟。太极拳运用意念引导内气的运行，通过形体的有效锻炼，达到对各种生命要素的全面养护，所以说太极拳"说拳不是拳"。

太极拳谚有"太极浑身都是手""出手不见手，手到不能走"。"太极浑身都是手"具体是指通过系统的训练，掌握了太极拳的技击方法，身上具有了太极内功后，全身处处协调一致，感觉灵敏，随处可感知劲，可化劲、运劲，每个部位都可用于防守和进攻。此处是将全身每个部位比喻为"手"。"出手不见手，手到不能走"，是说太极拳的修炼，须做到超越形式，仅停留在形式上得到的只能是"皮毛"。神意的活动"无形无象"，在养生中，"物我相融""浑然不觉内外"，才能逐步达到天人合一的境界。在技击中，"出入无方""往来无度"，才能达到"人不知我，我独知人"的效果。此处的"手"概指要表现的意念和达到的效果等。基于此，所以说太极拳"说手不是手"。

"说拳不是拳""说手不是手"也是太极拳理论宏大的体现。

四十八、为什么练太极拳要"慢"？

对于刚开始练太极拳的人来说，慢是因为需要记忆、理解太极拳的要领，是想快而不能，是"练不快"。对于经过一段时间的练习，慢慢掌握了一些基本的要领的人来说，需要领会拳理，时时揣摩，依然"练不快"。太极拳的"慢"是出真功夫的需要。

"慢练为养，快练为伤；柔练为养，刚练为伤；舒展大方，圆活运动；气沉丹田，培养浑圆之气"，太极拳的高级阶段是达到浑圆一气，使全身的经络畅通，气血旺盛，从而达到强身健体的效果。

四十九、为什么说太极拳是"练时慢""用时快"?

关于太极拳"练时慢",前文已做讲述。至于"用时快",常听到有人说"天下武功,唯快不破",只有快才能抢占先机,并认为快是不二法门。所谓"快",即速度高或用时短。

太极拳"练时慢""用时快",看似矛盾,其实是由过程到结果的进阶。董英杰《太极拳释义》:"依规矩。熟规矩。化规矩。神规矩。不离规矩。初习要慢。逐渐要匀。极熟后。从心所欲。动静虚实。阴阳开合。"

正所谓"手慢打手快,无力打有力","慢"是方法,是过程,"快"是结果。"无力"是不用多余的力,不用拙力,在最后的瞬间应是"有力",有整力,有巨大的爆发力,从而达到"太极浑身都是手"的效果。

当意、气、力相结合,整力发出时,视觉效果的"快",往往让大家忽略了"慢"的本质。

五十、为什么说太极拳不是靠力量和速度？

王宗岳《太极拳论》："斯技旁门甚多，虽势有区别，概不外壮欺弱、慢让快耳！有力打无力，手慢让手快，是皆先天自然之能，非关学力而有为也！察'四两拨千斤'之句，显非力胜；观耄耋能御众之形，快何能为?！"意思是拳术种类很多，虽然姿势不一样，概括起来不外乎靠力量、速度取胜。太极拳理论认为力量和速度是天赋本能就能做到的，与个人后天学习的技艺无关，不是练太极拳该追求的正途。而人到了耄耋之年，如果还能够抵御多人，有哪种"快"能够做到呢?！

太极拳的"快"不是无招数的快，是快而不失法度。太极功深，讲究"引进落空"，即以柔劲引导对方攻来的劲力进入我方的力学结构之中，分散或彻底瓦解掉其威胁，并进而造成对方失势形成其"自己打自己"的局面，或给我方的反攻创造有利条件。比如截敌于欲发未发力之时，使对方虽然力大却不得发出，或诱敌深入，让对方之力成为强弩之末，使其力大而无用武之地，每每失去攻击目标成为无效之功，而我方则近敌而攻，并集中力量使用整力，达到"一动无有不动"的效果。

力量固然很重要，但更重要的是在实战中能够有多少力作用到对方身上；速度固然很重要，但更重要的是快而有法度。

五十一、为什么太极拳重练"势"
轻练"式"?

　　"势"是中国古代史学用以表述历史发展进程中带有必然性、规律性的基本趋势的概念。唐代史学家刘知幾提出"古今不同,势使之然",认为社会发展变化是一种客观的不以"天命"或个人意志为转移的"势"在起作用。唐代思想家柳宗元也认为,历史的发展既非由"天"的意志决定,也非"圣人"的意志所能左右,而有其客观的必然趋势。《道德经》第五十一章:"道生之,德畜之,物形之,势成之。""势"指万物生长的自然环境。"势"也是中国古代兵家哲学的基本范畴之一。《孙子兵法》有《势篇》,《孙膑兵法》有《势备》,均专论用兵之"势",孙膑又以"贵势"著称。"势"本指具有客观必然性的潜在力量,激之使发,则无可阻挡,存而不发,亦可形成明显的威慑。《孙子兵法》:"善战人之势,如转圆石于千仞之山者,势也。"

意思是高明的将帅指挥军队打仗时所造成的有利态势，就好像圆石从八千尺高山上往下飞滚一样，不可阻挡，这就是军事上的所谓"势"。

关于拳"势"的表述见于明代唐顺之《武编》："拳有势者，所以为变化也。横邪侧面，起立走伏，皆有墙户，可以守，可以攻，故谓之势。拳有定势，而用时则无定势。"

王宗岳《太极拳释名》："太极拳，一名'长拳'，又名'十三势'。"太极拳拳架练习和推手中运用的十三种基本方法，即太极十三势，被认为是太极拳功技的精髓。十三势被认为与八卦、五行相对属，是人体与空间关系的精确修炼法，"式"为"样式"，强调外在形式，所以太极拳重练"势"轻练"式"。

五十二、什么是太极拳的"后发先至"？

后发先至是太极拳技击的一大特色，正所谓"后人发，先人至"。后发是待机而动，不是为后而后，是动得准、动得恰到好处。以最短的距离、最快的速度到达最佳位置，故能"先人至"。后发先至，强调临敌时静以待变，不注重形式上的起动快慢，而是讲究实际完成状态的优劣。不盲动，以静制动，使敌先动，待其变化用老，制其不可再变而一举胜之，就是太极拳讲的"后发制人"。太极拳练习者要做到后发制人须具备两个基本条件：（一）有良好的听劲能力；（二）有较高的发劲水平。

《孙子兵法·形篇》："昔之善战者，先为不可胜，以待敌之可胜。"善于用兵打仗的人，总是首先创造条件，使自己不被敌人战胜，然后等待和寻求战胜敌人的时机。功夫下在识势上，"谋定而后动"，与太极拳的后发先至异曲同工。

五十三、为什么说"进攻不一定是最好的防守"？

"进攻不一定是最好的防守"是"进攻是最好的防守"的辩证表述。说到进攻，就一定要讲进攻的时机、如何进攻以及进攻与防守的转换等。把握进攻时机，注重攻防转换，根据不同的对手及态势选择适当的方法，从根本上说是为了争先。"先"即"先手""先机"。"先动为师，后动为弟。能教一思进，莫教一思退。"行拳、临敌时，处处要存一份进取之心，能进时坚决进，在技术性的"退"时，要把握转"进"的时机。第一，如果自己占有先手，"能进时坚决进"，进行有效的进攻，如胶一样黏住对方，彼去我随，使之无法逃脱。第二，如果对方占有先机发动进攻时，先行化掉对方的攻击，"技术性的'退'"，同时"把握转'进'的时机"，引进落空。

五十四、为什么太极拳理论认为
搏击争胜负是"末技"?

太极拳理论家陈鑫在论述行拳之"界限"时,指出行拳应顺手自然,内守规矩,外获其用。他在《界限》一文中写道:"打拳原为保身之计。……恐启人争斗之心,故前半套多言规矩,不言其用;至后半套方始痛快言之,以示其用之之法。然第可知之,不可轻试。如不获已,为保性命计,用之可也!"

搏击争胜负既不符合太极拳家提出的"详推用意终何在? 益寿延年不老春"的练拳宗旨,也不符合太极拳的"道",所以被太极拳理论视为"末技"。

太极拳的"道"最核心之处在于健康,包括健康的精神、健康的追求、健康的形体。正如陈鑫所说:"况卫生保命之道,莫善于此。""卫生"即养生。

五十五、为什么太极拳最初被称为"长拳"?

王宗岳《太极拳释名》:"长拳者,如长江大海,滔滔不绝也。"太极拳动作自起势到收势,一势连一势,无隔断之处,处处强调弧形运动,体现出圆的特征,"足随手运,圆转如神"。

太极拳动作"滔滔不绝",却又富含虚实、动静、刚柔、进退等变化,"周身一家"。所谓"周身一家",指练拳时全身内外合在一起,当完成一个动势时,各种元素都同时参与,内外完整一气。"周身一齐合到一块,神气不散,方能一气流通,卫护周身"。练太极拳要求一个整劲,"周身一家",才能将神和气抱成一团,气息很顺畅地周流,起到护卫全身的作用。

太极拳早期多因其自身的特点而得名,比如"绵拳"取绵绵不断之意,因其含"八法五步"而名"十三势",依据"柔"的特点称之为"软手",被称为"长拳"则是因为其动作滔滔无间。

五十六、为什么学习太极拳很难避免 "盲人摸象"？

太极拳发展至今，已经形成宏大的理论体系，人们触摸和感知它，要想看到全貌已经很难了。就像盲人摸象，摸到腿，就说大象是圆的，摸到尾巴就说大象是尖的，摸到身体就说大象像墙一样，虽然都是以一点代替全面，但从他们各自摸到的那部分的角度来说，确实又是"正确"的。

《道德经》第四十一章："大白若辱；大方无隅；大器晚成；大音希声；大象无形；道隐无名。""道"就如同"大白""大方""大器""大音""大象"一样，现象和实质似乎是矛盾的，不为一般人认识知晓。

太极拳"大象无形"，所成之形象至大无极，超出了人们的视力范围，察视之不可见其全貌，所以学习太极拳很难避免"盲人摸象"。"盲人摸象"也好，"大象无形"也罢，只要能感觉到太极拳对我们的身心健康有益，就坚持锻炼好了。

94

五十七、为什么太极拳理论
不会被所有人认可?

《道德经》第四十一章:"上士闻道,勤而行之;中士闻道,若存若亡;下士闻道,大而笑之。不笑不足以为道。"上等士人听了"道"的理论,努力去实行;中等士人听了"道"的理论,将信将疑;下等士人听了"道"的理论,哈哈大笑。"道"如果不被人嘲笑,就不足以成其为"道"了。

世界上根本不存在被所有人认可的事物,人们对事物的认识总是受到自身各种条件所限,如所处环境等。《庄子·秋水》:"井蛙不可以语于海者,拘于虚也;夏虫不可以语于冰者,笃于时也;曲士不可以语于道者,束于教也。"对于井中之蛙不能和它谈论大海,这是由于它局限在井中很小的地方;对于夏生秋死的昆虫不能和它谈论结冰的事情,这是由于它的生命局限在很短的时间;对于浅陋偏执人士不能和他谈论大道,这是由于他被世俗之学所束缚。

"井蛙"被空间所限，"夏虫"被时间所限，"曲士"则"束于教"，所以人们对世间万物的价值判断具有无限相对性。

太极拳理论不会被所有人认可，或是因为"木秀于林"，或是因为"行高于人"，或是"拘于虚"，或是"笃于时"，或是"束于教"……

五十八、什么是丹田?

丹田是太极拳内功名词,也是中国古代人体科学的重要概念之一,一般有以下几种含义:一是指人体一定的部位。有三丹田之说,分别为上丹田,位于头部两眉中间;中丹田,位于心窝部;下丹田,位于腹部脐下。二是指具体穴位,如关元穴等。三是指意念凝注之处,可以是体内,也可以是体外。四是指与练功过程有关的人体任何一处,"处处皆丹田"。在太极拳中,丹田被视为内功练习的重要部位。

丹田学说是围绕着丹田的位置、功能及修炼方法建立的中国内功养生学及拳学理论。丹田学说认为丹田的功用,一为精、气、神会聚之所,为人生之本。二为气机升降之枢纽,气上升起于丹田,下降归于丹田。三为生命的动力源。四为呼吸之根,太极拳中通过丹田内转来调整呼吸即根于此。丹田的练法,主要有意守、温养、开合、内固、循转等。

五十九、什么是小周天?

周天运转是运使内气循任、督二脉等线路做不断运行的锻炼方法,包括小周天和大周天。

小周天是在练精化气的过程中进行的,基本原理是通过意念引导内气在任、督二脉中循行,带动全身内气周流,提高内气质量。

小周天的进行始于活子时,则精动药生。元精满,精、气、神发动,源头清,引内气从下丹田开始,顺督脉而上,沿任脉而下,凝聚于下丹田,历经尾闾、夹脊、玉枕三关,鹊桥和上、中、下三丹田,完成一个循环,即练精化气一小周天。

六十、什么是大周天？

大周天全称阴阳循环一大周天，是在小周天功法基础上，即练气化神阶段进行的，基本原理是通过意念及太极拳的动作导引，使内气沿人体的十二经脉循行，综合、全面地提高人体的各项机能。与小周天相比，大周天练法较为复杂，但更为细微，内气上自头顶百会穴，下至足心涌泉穴，循经运注一周，归元丹田。

通过大周天修炼，运用入定之力，使神和气相抱相融，达到延年益寿的目的。

六十一、什么是太极拳的"气"？

"气"的概念在先秦就已出现，迅速被中国各哲学流派接受并广为发展，以气来解释宇宙的生成、发展。

在太极拳中，气是内练的对象，也是衡量太极拳练习质量的重要标度，是一种感觉、一种状态。练太极拳讲究"人在气中，气在人中"。气是宇宙的本原，改善物体、事物的结构就应由气的改善入手。气是内在的，与外在的形有密不可分的联系，互为影响、互为转化。"形气并练"才是完整的修持方法。现代研究表明，气是人体内部精微的物质能量形态。

太极拳气血论认为，"气为血之帅，血随之而运行；血为气之守，气得之而静谧。气结则血凝，气虚则血脱，气迫则血走"，拳术的各种练习方法应以和畅、充盈气血为要旨。

养气为健康的基础，自古为中国养生家提倡。太极拳谚有"气以直养而无害"，"直养"就是依据自然法则颐养，反对刻意追求，以简捷之法，大道从简。

六十二、在太极拳中怎么理解"气（炁）功"？

气功是通过意念活动、呼吸调节、导引行气的自我修炼来强壮身心，提高生理、心理健康水平，增强智慧的练习方式，是中国古典养生方式。气功历史悠久，古称"导引术"，早在两千年前，《庄子·刻意》中就已有总结性的记述。

气功的"气"最初写作"炁"。练功时，应首先放空身心，达到"无"与"空"的境界，正是"炁"字的"无"。同时还要集中和运用意念，即"一点真阳"，所以"无"字上有一笔"丿"。"拳打有意与无意之间"，然后在有意与无意之间慢慢进行修炼，就像在小火上熬一样，所以下面是"灬"，构成了"炁"。"炁"有"生炁"和"死炁"的说法。古代养生家认为，六阳时（子后午前）外界之气是"生炁"，此时练功则受益；六阴时（子前午后）外界之气是"死炁"，此时练功无益。

六十三、怎么理解和看待太极拳的推手？

太极推手简称推手，是太极拳的对练形式之一，目的在于使练习者体验太极拳劲力运用方法及培养太极拳的技击能力。推手的练习方式以二人为主，徒手进行，有单推手、双推手、定步推手、活步推手等。推手过程中，双方手臂相接，回转运行，配合以身、步的进、退，运用掤、捋、挤、按、采、挒、肘、靠等方法调动对方，使之失机、失势，重心不稳，劲力不畅，进而将其击倒或发出。推手中的对抗应遵循太极拳的基本原则，尚意不尚力，尚巧不尚拙，以柔克刚，引进落空，"四两拨千斤"。

推手除了培养太极拳的技击能力外，在攻防进退中还可以锻炼人们对外界的感知和反应能力，以及自身思想与身体的统一协调能力。

练习推手时，对于初学、本身力量较大、性子比较急的练习者，推荐定步推手和单推手，不推荐活步推手和散推手。因为新手习惯用蛮力相抗，这虽然是所有练习者都会经过的阶段，但也是必须要克服的，因为太极拳尚意不尚力。练习者只有保持意念的安静、灵活，才能激发内劲的产生，从而去感悟如何不用拙力，最终达到锻炼的效果。活步推手在推手过程中，双方脚步不断变换移动，难度相对较大，不适合初学者或性子比较急的练习者。散推手是带有散手性质的推手方法，灵活运用各种推手技法，无固定招数套路，临敌应变手脚并用，所以也不适合初学者。

实践证明，推手是练习太极拳的一项十分必要的辅助手段，不仅能使练习者具体领略太极拳的力学结构的魅力，同时也增加了太极拳练习的趣味性。

六十四、什么是听劲?

《管子·内业》:"道也者,口之所不能言也,目之所不能视也,耳之所不能听也,所以修心而正形也。""道",口不可言表,目不能察看,耳不能听闻,它是用来修养内心,端正形体的。

所谓"听劲",即以身体感觉,以意念感应外在劲力的状态及变化方式,以达到料敌在先,敌微动我先动的效果。听劲是太极拳推手的入门功夫,是推手时感知对手劲力变化的能力。《陈式太极拳》注:"所谓听劲,乃是由皮肤的触觉和内体感觉来探测对方劲的大小、长短和动向的意思。"听劲是懂劲的必由之阶,练习听劲须由学习粘、黏劲入手。据《中国武术大辞典》:"运用听劲时,应'先将己身呆力俗气抛弃,放松腰腿,静心思索,而敛气凝神以听之'。"

在技击中,料敌在先,瞬间做出正确判断,需要通过多年的练习,处理好身体"蓄"与"放"的关系,"蓄劲如张弓,发劲如放箭"。

六十五、什么是"四两拨千斤"？

"四两拨千斤"初见于太极拳《打手歌》："掤捋挤按须认真，上下相随人难进。任他巨力来打我，牵动四两拨千斤。引进落空合即出，粘连黏随不丢顶。"所谓"四两"指的是内气，表示以较小的能量损耗，瓦解较大的外力。

"四两拨千斤"是太极拳推手与技击的特点和运功方式，形容以小力胜大力，以巧胜拙，以柔克刚。当对方以大力击来时，不与之硬抗，而是运用内劲功法，避实就虚，引进落空，巧妙地调整力学结构，使对方失重、失势，此时再于关键点或线上施以小力，就可将其击倒。

在太极推手过程中，"四两拨千斤"表现为加引化劲于对手动作上，诱其落空；先化后粘，逼使对方陷入不利地位；以横拨直，以直拨横，改变对方劲力方向；等等。经广泛传播，"四两拨千斤"为各家拳派采用，泛指以巧胜拙的各种击法。

六十六、顶头悬的养生原理是什么?

《十三势歌》:"尾闾中正神贯顶,满身轻利顶头悬。"顶头悬是指头顶的百会穴有微微上领之意,如向空中悬起,有拳家比喻"如细绳悬系头顶向上领起"。徐致一注云:"顶头悬者,谓人之头顶当如悬于空中一般。"顶头悬实际上是全身轻空状态下头顶的一种特殊感觉。顶头悬的养生原理,一是可减轻头颅的重量对颈部的压迫,使气血流通。二是使颈椎以及其下方的脊椎、腰椎的每个骨节"节节松开",防止压迫神经。

顶头悬是太极拳对头部姿势的要求。保持正确的头部姿势,练功者立身中正,不仅身姿挺拔好看,而且攻防两便。

六十七、什么是太极拳的"八法五步"?

"八法五步"是以八卦、脏腑、经络、窍位来阐释太极拳的基本技术，是太极拳功技的精髓。在太极拳发展过程中，人们对"八法五步"的表述不尽相同。笔者只对"八法五步"的基本内容进行介绍，供大家参考：

"八法"：掤、捋、挤、按、采、挒、肘、靠。

掤：进攻之法，外向的弹性劲，可向任意方向运用。

捋：主要走中盘劲力，以实为先导，实中有虚，并向虚处转化。有定步捋、退步捋、转身捋等。

挤：破解采、捋之法。劲力集中在单一方向上，乘虚而入抢得主动。

按：防守、化解之法，可破解挤、肘、靠的攻击，将敌来势阻截，并引而向下，卸于无形。有平按、斜按、截按等。

采：变守为攻之法，配合粘、黏劲，综合运用拿、切、缠等技法，瓦解敌之进攻，并进而引其失势，逼其跌翻。分为单采、双采等。

挒：攻守合一之法，在锁住对方的基础上，侧向外或向内横向牵动，逼其就范。

肘：一种集中使用肘部力量的技法，近身搏击时常用，具有较大的杀伤力，包括挤、撞、点、压等方法。有穿心肘、腋下肘、脑后肘等。

靠：综合运用全身各部位的技法，也多用于近距离搏击。包括肩靠、背靠、胯靠、臀靠、胸靠等。

"五步"：前进、后退、左顾、右盼、中定。

前进：方向朝前，分为斜进与直进。行动时脚在先，身要随，迈步轻稳。

后退：方向朝后，分为斜退与直退。退步往往与进步交互进行，转换时应得机得势，勿使散乱。

左顾：有"体察""照应"之意，包括身法和眼法，即在变化前后及过程中的全方位平衡，既要照顾到下一动将要到达的时空位置，又要连接好将要结束的拳势。

右盼：有"呼应"之意，与"左顾"含义相同，眼随身走，活而不飘，有时是以眼神引导动作的走向。

中定：指运动中稳定、中正。既指形上的"定"，又指内在的"气定神闲"，包括重心平衡、呼吸自然、变化轻稳、攻防有度、体位得当等。

"八法五步"并非独立运用，都是与身、意相统一的。

六十八、太极拳中八卦和人体的对应关系是什么?

八卦是中国哲学、养生学理论概念,是《周易》中用"—"(阳爻)和"- -"(阴爻)两种符号组成的八种基本图形。《周易·系辞下》:伏羲"始作八卦,以通神明之德,以类万物之情"。古代武术家以八卦说明动作方位。王宗岳《太极拳释名》:"掤、捋、挤、按,即坎、离、震、兑。四正方也;采、挒、肘、靠,即乾、坤、艮、巽,四斜角也。此八卦也。"关于八卦所象征的事物,先秦以来诸说殊异,除基本卦象之外,颇多分歧。

"四正四隅"是依八卦、五行布局来划规拳法路线,与阴阳卦象相匹配,构成独特的太极拳人体空间体位坐标系。"四正"指东、南、西、北四个正方向,或指自身的前、后、左、右四方;"四隅"指东北、东南、西南、西北四个斜方向,或指自身的左前、左后、

右前、右后四个斜方向。在太极拳中，有人称"掤、
捋、挤、按"为"四正手"，称"采、挒、肘、靠"为
"四隅手"。

面向"四正四隅"八个方向站桩，在太极拳中称
为"八桩"。当面向西北方向站桩时，为"乾"桩，顺
时针每转四十五度，依次为"坎"桩、"艮"桩、"震"
桩、"巽"桩、"离"桩、"坤"桩、"兑"桩。

据《易传·说卦》所记，乾、坤、震、巽、坎、
离、艮、兑主要象征天、地、雷、风、水、火、山、
泽八种自然现象，每卦又象征多种事物。中国古典哲
学、拳学理论八卦学说认为，八卦与人体相对应，即
人体本身就是一个卦的结构。八卦与人体的基本对应
关系为乾—头，坤—腹，震—足，巽—股，坎—耳，
离—目，艮—手，兑—口。

乾（☰）：代表天，对应头。

坤（☷）：代表地，对应腹。

震（☳）：代表雷，对应足。

巽（☴）：代表风，对应股。

坎（☵）：代表水，对应耳。

离（☲）：代表火，对应目。

艮（☶）：代表山，对应手。

兑（☱）：代表泽，对应口。

六十九、为什么练太极拳到较高境界时有"如沐甘露"的感觉?

我最初学习太极拳时,听师父说到过练功到较高境界时有"如沐甘露"的感觉,当时似懂非懂,只当作武术界的一种说法而已。即使后来自己在锻炼时偶尔想到这句话,也没太在意。随着练功日久,收获越来越多,特别是在纠正一些偏差以后,我对"如沐甘露"的体会越来越深刻。当人神清气爽,特别是整个身体气血通畅时,可以清楚地体会到,仿佛有一滴甘露从百会穴慢慢流下,身体各个部位都有一种清冽的感觉,极其美妙,内心的满足感更是难以用语言形容。相反,如果身体存在病灶,有的部位或凉或热,气血通过时或快或慢,不通畅,就没有全身清冽的感觉。这些在功力没有达到一定的层次时,是体会不到的。

可以说,"如沐甘露"是练太极拳达到的一个很高的境界,是身心共浴、身心合一的美好感觉,不可强求,只可自来。

七十、为什么要练习太极拳的套路?

以前练太极拳是没有固定套路的,大家可以一个一个动作反复练习,或者随意组合动作练习。后来为了便于记忆、便于传授,人们编了一些简单的套路。太极拳的套路在练功中发挥的是载体的作用,与太极拳本身是"形式"与"内容"的关系。一方面,练太极拳不练套路是不行的,因为没有"形式"就没有"内容"。老师通过练习套路有针对性地给学生讲解练功原理以及每个动作的用法。另一方面,只练习太极拳的套路也是不行的。如果老师只是教你套路,而没有教你如何内练,就相当于给了你一个空的容器。练的套路越多,你的空容器就越多。如果没有"内容",就失去了太极拳修炼的意义。当然,练功到了较高阶段时,套路可能就不那么重要了,老师甚至会要求把某些动作忽略或忘掉。

七十一、太极拳的基本标准是什么？

太极拳经过长期流传，演变出许多流派，有陈式、杨式、武式、吴式、孙式等。各式太极拳均要求：（一）静心用意，以意识引导动作，动作与呼吸紧密配合，呼吸要平稳，深匀自然。（二）中正安舒，柔和缓慢。身体保持舒松自然，不偏不倚，动作绵绵不断，轻柔自然。（三）动作弧形，圆活不滞，同时以腰为轴，上下相随，周身组成一个整体。（四）连贯协调，虚实分明。动作之间衔接和顺，处处分清虚实，重心保持稳定。（五）轻灵沉着，刚柔相济。动作不浮不僵，外柔内刚，发劲完整。

太极拳的技术要领有多种表述，比如"十大要领""十六关要"等。其中，"十大要领"即"虚灵顶劲""含胸拔背""松腰""分虚实""沉肩坠肘""用意不用力""上下相随""内外相合""相连不断""动中求静"。"十六关要"即活泼于腰，灵机于顶，神通于背，流行于气，行之于腿。蹬之于足，运之于掌，通之于指，敛之于髓，达之于神，凝之于耳，息之于鼻，呼吸于腹，纵之于膝，浑噩一身，发之于毛。

七十二、怎么理解太极拳中的
"对"与"错"？

世界上没有绝对的"对"与"错"，但是事情往往又都以"对"或"错"的形式表现出来。这句话听起来让人感觉不知所云，实际上它表述的是"对"与"错"的辩证关系。

具体到太极拳中，比如在双方竞技的情况下，当对方占得先机发动攻击时，按照不丢不顶的原则，首先"走掉"或"化掉"才是"对"的，但如果你的功力明显强于对方，直接硬接对方的攻击也不为"错"。再如，太极拳技击时，静以待变，等待对方先出手，待对方的劲力方向、快慢、虚实、大小等确定之后，迅速采取有效措施应对，在对方的攻击尚未奏效之前先行制住他，达到"人不知我，我独知人"的效果，这是"对"的。如果你先行出手，等到对方应对时，能够迅速变化，诱敌深入，再行打击，这也是"对"的。

　　笔者在"为什么太极拳被称为'哲拳'"一节已经讲过，太极拳运动是对立统一的矛盾运动。太极拳中存在着刚柔、虚实、动静、快慢、开合、屈伸等诸多对立统一又相互转化的矛盾。"对"与"错"也是太极拳中诸多对立统一又相互转化的矛盾之一。

七十三、如何看待"真的太极拳""假的太极拳"？

有的人看到公园里有人在练太极拳，第一反应是嗤之以鼻，认为那是"不能打的武术"，是假的，只能让老人健健身。如果认为所有练太极拳的人都像人们在影视作品中看到的那样是武林高手才能证明太极拳是真的，显然是悖论！

如果有人说"公鸡不会下蛋，它就是假的鸡"，显然是荒谬的。同样的道理，如果有人说"表演类太极拳、养生类太极拳不能技击，所以太极拳是假的"，也是荒谬的。表演类太极拳主要是为了满足人们的观赏需求，养生类太极拳的主要目的是养生健身，是"益寿延年不老春"，本就不是为了所谓"能打"。如果有人把从影视作品中看到的太极拳当作衡量所谓真假的标准，认为现实中见到的太极拳和影视作品中的不一样要打"假"，那更是荒谬。

如果人们只是把太极拳作为养生的手段进行日常锻炼，或者是出于爱好业余学练，没有进行过长期的专业性、对抗性训练，我们也不能要求他们每个人都成为武林高手，更不能因此认定太极拳是"假的"。

"假"是怎么产生的呢？通常是"假作真时真亦假"。

如今，人们练太极拳是根据自己的喜好和需要进行选择，若未加以考证就武断地评价谁练的是真的，谁练的是假的，谁练的是对的，谁练的是错的，未免失之偏颇。太极拳是发展的，我们要以发展的眼光看待它。

练太极拳，姿势入门易，拜师入门也不难，功夫入门真难！即使不能理解太极拳文化的奥旨，至少也不该诋毁它。

"古人学问无遗力，少壮工夫老始成。纸上得来终觉浅，绝知此事要躬行。"共勉。

七十四、为什么太极拳经常被假冒？

熟悉的地方没有风景，不熟悉的地方有陷阱。

太极拳博大精深且名声在外，人们向往它却很难认识它，就容易被假借其名者蛊惑，所谓"皎皎者易污"。假冒者，无非是贪图眼前名利之苟且。

有人评论太极拳说：失之于武则为舞，失之于巧则无拳。笔者以为，有武之舞即可称拳，有"道"之拳方为真武。先贤云："固灵根而静心，谓之修道；养灵根而动心，谓之武艺。"

七十五、太极拳比其他种类武术更能"打"吗?

太极拳比其他种类武术更能"打"吗?这就好像是问传统武术能"打"还是现代拳击能"打"。结论是,哪个练好了哪个就能"打",如果不认真练哪个都不能"打"。

太极拳的"道"最核心之处在于健康,它所倡导的是一种中正温润、积极向上的思想状态。太极拳是一种武术,是一种健身方法,也是一种修养方式,通过形体的有效锻炼,达到对各种生命要素的全面养护,内外兼修。太极拳的高级阶段是达到浑圆一气,使全身的经络畅通,气血旺盛,从而达到强身健体的效果而不是能"打"。

《道德经》第三十一章:"兵者不祥之器,非君子之器,不得已而用之,恬淡为上,胜而不美,而美之者,是乐杀人。夫乐杀人者,则不可以得志于天下矣。"兵器这个不祥的东西，不是君子所使用的，万不得已而使用它，最好淡然处之，胜利了也不要自鸣得意，如果自以为了不起，那就会把杀人当作快乐。凡是喜欢杀人的人，都不可能得志于天下。

多样性的存在本身就是一种大美，所以一方面应各美其美，没必要非得分出优劣，认识也不可能完全统一；另一方面要兼收并蓄，弱化比较心。

七十六、内家拳和外家拳的区别是什么？

　　内家拳"主于御敌"，外家拳"主于搏人"。民间有把太极拳、形意拳、八卦掌等统称为内家拳，将太极拳、形意拳、八卦掌以外的拳种统称为外家拳的说法。

　　根据《中国太极拳辞典》，内家拳的基本含义有三：（一）专指太极拳、形意拳、八卦掌三种拳法，又称"三大内家拳"，此说近代较为流行。（二）指托名张三丰所创的一类拳术。此说盛起于明末清初时学者黄宗羲所作《王征南墓志铭》："有所谓内家者，以静制动，犯者应手即仆，故别于少林为外家，盖起宋之张三丰。"故也有人将武当武术称为内家拳，将少林武术称为外家拳。（三）不确指某几种拳术，将突出强调练气、练神，技术风格偏柔的拳术称为内家拳，将重点表现在练力、练筋骨，技术风格较为刚猛的拳术称为外家拳。武术研究中有一种说法盛行于清代以后，认为太极拳等强调柔和、内修的拳术为内家拳，而少林拳等刚猛、快捷，注重筋、骨、力等的训练的拳术为外家拳。

内家拳与外家拳的区别，笔者认为具体表现在以下几个方面。

（一）外家拳主要练力量、速度与技巧，内家拳主要练内功与技巧。（二）外家拳练的主要是有形的肢体动作，内家拳练的主要是无形的东西。（三）外家拳的标准是可衡量的，如速度看时间、力量看斤两（磅），内家拳的练精化气、练气化神、练神还虚是很难衡量的。（四）锻炼的方法不同，即俗话说的"内练一口气，外练筋骨皮"。（五）外家拳多以技击为主要目的，内家拳多以养生为先兼顾技击。（六）外家拳主要强调"术"，内家拳主要强调"道"。

从整个武术体系来看，内家拳、外家拳的分类并不严格，因为大部分中国武术均讲究内外兼修，既练气又练意。"内"与"外"是中国武术的两个方面而非两种截然相对的拳种。

七十七、什么是道家的"真"？

《庄子·秋水》："无以人灭天，无以故灭命，无以得殉名，谨守而勿失，是谓反其真。"不要用人为的东西来损害天性，不要有心造作而毁灭天理，不要为追求名利而丧生，谨守这三句话而不失误，就叫作返归纯真的本性。真，即本原，自身。

《庄子·天下》："关尹、老聃乎，古之博大真人哉！"真人，即修真得道之人，古代对养生达到最高境界者的尊称，他们能掌握自然法则，顺应自然变化，超越世俗，身心合一。

据《庄子·大宗师》，真人的特点有四：一是脱俗；二是顺天；三是修炼功深；四是精神超拔。

七十八、为什么说"真言只能真人听"？

"真言只能真人听"。第一，因为真言逆耳。第二，"知音"难觅。人处在不同的高度，眼中的风景不一样，口中的风景也不一样。如同登山一样，越往高处，同行者就越少。

荣格曾评论《易经》说："假如我们想彻底了解这本书，当务之急是必须去除我们西方人的偏见。""《易经》彻底主张自知，而达到此自知的方法却可能百般受到误用，所以个性浮躁、不够成熟的人士，并不适合使用它，知识主义者与理性主义者也不适宜。只有深思熟虑的人士才恰当。""《易经》的精神对某些人，可能明亮如白昼，对另外一个人，则晞微如晨光；对于第三者而言，也许就黝暗如黑夜。不喜欢它，最好就不要去用它；对它如有排斥的心理，则大可不必要从中寻求真理。"

欲听真言须去除偏见，"自知"，"喜欢它"，对它没有"排斥的心理"，并希望"从中寻求真理"，所以说"真言只能真人听"。

七十九、武侠小说中的江湖与现实生活中的江湖一样吗？

常听人说：有人的地方就有江湖。何谓江湖？《现代汉语词典》对"江湖"的表述为：①旧时泛指四方各地；②旧时指各处流浪靠卖艺、卖药等生活的人，也指这种人所从事的行业。

人们对江湖的固有印象大多来源于武侠小说，快意恩仇、恣意潇洒，充满浪漫色彩，令人心生向往。武侠小说属于文学作品，是通过作家的想象活动把经过选择的生活经验体现在一定的语言结构之中，以表达人对自己生存方式的某种发现和体验，是一种艺术创造，虚构性、想象性和创造性是它的重要特征。尤其武侠小说，内容多写侠客、义士协助清官破案和除暴安良，过分宣扬了侠客、义士等的作用。让人们向往的那些江湖特质，实际上来源于作家的想象活动。

现实生活中的江湖，相比武侠小说中的江湖更真实。现实生活中，江湖中人也要遵纪守法，依法办事。快意恩仇只能存在于武侠小说中。

八十、练太极拳能给我们带来什么启示?

练太极拳能给我们带来很多启示,仅举几例:

(一)锻炼逆商。太极拳中的推手,是从难处练起,先练习让对方无规则地攻击自己,当对方不能奈我何的时候,也就已经立于不败之地了。通过这种锻炼会让人心态沉稳,磨炼意志,并随时保持高度的反应力。

(二)知边界。太极拳定步推手练习的基本要领是中正安舒,进攻时不过贪,防守时不退步,无论面对什么情况,都要坚持重心不出底面积,上身可似树梢摇曳,但下盘稳如树根,这是底线,一旦"根"动了也就失败了。做人做事也要知边界,守得住底线。

(三)锻炼韧劲,不轻言放弃。"粘连黏随"是推手的基本原则之一,所谓粘连,是粘连住对方,顺从不离;所谓黏随,是如胶一样黏住对方,彼去我随而不使逃脱。同样的道理,人遇到困难也不能轻言放弃,要敢于面对和克服困难，要有不战胜困难决不罢休的韧劲。

（四）全力以赴。整体观是中国哲学的重要观点，也贯串于太极拳的理法之中。太极拳在内把人看作一个整体，在外把敌我双方看作一个整体，在养生上把自然与人看作一个整体，在锻炼上求全面，在劲力上求整劲。

（五）严于内，宽于外。太极拳重视内功的修炼，解决问题的方法是"向内求"，不断完善和锻炼自我，不苛求于他人。

（六）上善若水。太极拳"利万物而不争"。

（七）道法自然。太极拳是纯任自然的，不强求，承认每个个体的先天差异。

（八）循序渐进，持之以恒。锻炼如此，人生也是如此。

八十一、太极拳谱是怎么回事?

现存的太极拳谱基本都是民间手抄本。根据姜容樵所得清乾隆年间抄本《太极拳经》等推断,最早以"太极拳"之名进行阐述的就是《太极拳经》。《太极拳经》是清乾隆年间山右王宗岳对张三丰的太极拳论著进行编辑,并结合周易之理及自己的练功心得对张三丰的太极拳论著进行注释、阐发而形成的一部太极拳经典著作,深受广大太极拳爱好者的推崇。

1991年10月人民体育出版社出版的《太极拳谱》,是点校本古太极拳论集。《太极拳谱》原著王宗岳、武禹襄等,沈寿点校考释,全书14卷,共收录各家太极拳论(含歌诀)及有关太极拳谱的序、跋、题记,太极拳家行略、传记等147篇,内容广泛,是自太极拳创始以来收文最多、内容最为丰富多彩的一部太极拳经典专著。点校者对每篇拳论均附加"校记",释明版本取舍情况及特点,并对各种版本中的具体文字进行对照、比较，以求精到。《太极拳谱》中的主要拳论包括王宗岳《太极拳论》《十三势歌》，武禹襄《十三势行功要解》《太极拳解》，李亦畬《五字诀》《走架打手行工要言》，陈王廷《拳经总歌》，等等。

凡属各学派精粹古典理论，《太极拳谱》无不兼收并蓄，刻意搜求。如当今民间传布较广的陈式、杨式、吴式、武式、孙式五大流派各自崇奉的古代经典著作，一般在书中都可找到。它不囿于一家或一孔之见，有利于广泛开展太极拳的学术交流。《太极拳谱》所收作品以清代的为主，亦有明末清初之作，时间跨度达300年左右。

八十二、吴式太极拳的风格特点
是如何形成的?

　　吴式太极拳是中国太极拳主要流派之一。清代武术家全佑对其所习杨式太极拳功架进行柔化,后其子吴鉴泉在继承和传授其父拳式过程中,对拳式不断修改,创编了现代流传较广的吴式太极拳。吴式太极拳功架紧凑,松静自然,轻灵圆活,动作连贯,推手具有手法严密、细腻绵柔等特点,有多种器械练习套路。

　　《吴式太极拳》是已知较早的太极拳技理专著,讲述了太极拳的优点,太极拳练习时的心理、生理特点,太极拳技击的力学根据等。作者徐致一(1892—1986)早年随吴鉴泉习练吴式太极拳,书中所介绍的是吴鉴泉晚年所传授的拳式,而所用的60余幅插图是根据吴鉴泉遗留的拳照绘制,所以能比较准确地表达吴式太极拳的风格。

八十三、如何从知识产权层面
支撑太极拳的传承？

知识产权法是国家制定或认可的，调整平等主体间因知识产权的归属、利用、交换过程中所产生的各种人身关系和财产关系的法律规范的总称，包括专利法、商标法和著作权法等单行法律、法规，是商品经济和近代科学文化发展的产物。我国先后制定并颁布了商标法、专利法、著作权法等，建立了知识产权法律体系。其中，著作权法保护文学、艺术和科学作品作者的著作权，以及与著作权有关的权益。商标法是加强商标管理，保护商标专用权，维护商标注册人的信誉和权益等。专利法保护的发明创造是指发明、实用新型和外观设计。其中，发明是指对产品、方法或者其改进所提出的新的技术方案。

从知识产权层面来看，现行法律基本不涉及对一些"无形"的、具有独特性的方法的保护，比如太极拳独特的知识体系、训练方法等。笔者认为，太极拳独特的知识体系、训练方法等是其核心所在，应该从知识产权层面进行保护，这也是一个太极拳爱好者和法律工作者的愿心。

试玉要烧三日满，辨材须待七年期。以往师父传艺，基本上是通过收徒拜师仪式，请众人见证的方式，类似于如今的公证。收某人为徒，此后徒弟的技艺高低均推定为师父传授的，或者是在师父传授的基础上发扬的。收徒拜师仪式实质上是对师者技艺的一种保护。

如今，老师传授太极拳时，通过眼观、气感等，找到每个练习者的不足之处，然后针对每个人的具体情况加以指正。在太极拳教学实践中，为了使对方对劲力变化有实际的体验，功夫较深者有意识地提供相对明显的劲力施于对方，并引导其逐步正确反应。以上所讲，比如气感，施于对方劲力引导其逐步正确反应等都是"无形"的东西。如果只是对可物化的东西进行责、权、利的规定，太极拳的这些"无形"的东西的责、权、利显然很难清晰化。

八十四、为什么说练好太极拳
是讲究缘分的?

　　练好太极拳是讲究缘分的,具体可从以下几个方面来讲:第一,学练太极拳者要真心喜欢它,既不能是一时的喜欢,也不能是叶公好龙的假喜欢,这是学练者与太极拳的"事缘"。第二,拜师如同投胎。师父的水平决定了学练者的起点高低以及能否在正确的道路上前行,少走弯路,这是"师缘"。第三,学练者需要人品端正,敬师守德,得到师父认可,愿意传授,这是"德缘"。第四,师父不仅要自身水平高,而且要善于传授。如果师父只是水平高但是却讲不明白,学练者也很难学到真功夫,这是"口缘"。第五,师父所讲的内容,学练者要能听懂,不仅是能听得懂,还要悟得透,这是"心缘"。第六,很多时候学练者听懂了,但想得到却做不到,无法达到身心合一,这需要"身缘"。第七,外界干扰和诱惑太多,生活压力也较大，家人需要陪伴照顾，工作和学业需要完成，社交需要参与等，是否能够坚持锻炼，极其考验一个人的自我约束和时间管控能力，这需要"时缘"。第八，学练者住所离师父近是莫大的福气。有的人是每次跨区来学练，有的是跨省，甚至有的是跨境慕名而来，还有的学了一段时间后随家人外迁了，这需要"地缘"。第九，现在信息发达，选择也多，学练者能不能做到"咬定青山不放松"，认准了就坚持到底，真信、真学、真练，持之以恒，这需要"性缘"。如果这些"缘"都具备了，那么就可以说自己与太极拳结下了"善缘"。

八十五、传统武术为什么非常重视
"拜师学艺"?

中国是文明古国，礼仪之邦。历史上各行各业都非常重视师承，正式拜师入门学艺，表明自己技有所出，如果不入师门，通常会被大家认为是"野路子"，公众认可度较低。人们认为没有师承就不"正规"，是"桌子底下放风筝——出手就不高"，所以学艺的人都以能够拜师入门为傲。

过去拜师类似于现在法律上的拟制血亲。"一日为师，终身为父"，通过举行拜师仪式，有师门里的长辈和有威望的亲友共同见证，宣告本门多了个"孩子"。师兄弟的排行通常是以拜师的时间先后，即到这个"家"的先后为序。入门后弟子要尊师敬长，孝对师父师母长辈，敬对师兄师弟，学艺方面也要按照师父的教诲，勤学苦练，师父也会承担起传道、授业、解惑的责任。

　　拜师的仪式虽然大同小异，但拜师这件事本身并不容易。"师访徒三年，徒访师三年"，徒弟在选择师父之前，会经过较长时间的观察，看师父是否有真功夫，是否值得自己拜师入门求学。师父也会观察徒弟几年，看其人品如何、是否可造之才，再决定是否传授他技艺，因为徒弟的言谈举止、练功的水平以及口碑都关系到师门的荣辱。如果徒弟行为不端，师父可能会将其"逐出师门"并公之于众，以免有辱门风。

八十六、师父与师傅的区别是什么？

徒弟拜师入门之后，为什么称老师为"师父"而不是"师傅"呢？"师傅"一词最早是对有一定技艺、技能的人的尊称，现在不管对方什么职业、什么性别、什么年龄，人们大多以"师傅"相称。严格来说，"师父"应该是徒弟拜师入门之后对所拜之师的专门称谓，此"师"是授艺授技之师。将所拜之师称之为"师父"，既是对老师的尊重，也是对先人所传授的技艺的尊重。

很多传统技艺的传授需要老师像喂养婴儿一样，手把手地教，引导徒弟一点一点地成长。在这种情况下，老师传授技艺恩同再造，如师如父，所以称之为"师父"。

八十七、为什么女性拜师入门曾以师兄弟相称?

在古代有给成年男性加冠的礼节,男子二十岁左右被称为"弱冠",女性是没有加冠礼的。道家提倡男女平等,无论男女都有行冠礼的权利,女性道士被称为"女冠"。唐朝时,很多女性为行冠礼纷纷进入道观修为。

有的传统武术有"传男不传女"的传统,既是为了防止技艺传入"外家",也是因为"男女授受不亲",女性与男性一起练习于礼不合。太极拳作为养生的手段,男女各有练法,大同小异,并无性别歧视。早期,人们认为练太极拳需要大智大勇。大智是说一个人需要具有很大的智慧才能理解太极拳的理法;大勇是说一个人需要有极大的勇气才能克服"小我",敢于暴露自己的不足,勇于时时刻刻纠正自己的失道之处。大智大勇为"大丈夫",所以女性拜师入门曾以师兄弟相称。

八十八、练太极拳运动量太小怎么办？

有人认为练太极拳运动量太小，实际上这是对太极拳的一个误解。如果只是照葫芦画瓢地简单比画动作，确实很轻松很容易，但如果是按照正确的要领，"用意不用力"，运用意念来协调全身，练就高层次的太极拳内劲，就不那么容易了。通常，新手在开始练太极拳时，不出两三个动作就会微微出汗，而且半趟拳也打不下来，但身体感觉是舒畅的。经过了最初的适应阶段，身体的各个方面才会调整到较好的状态，如内心不再紧张、身体不再僵硬、练习的要领不会丢等。练太极拳时微微出汗是正常的，若憋气或气喘则说明锻炼的方法是有问题的。

八十九、怕自己学不会怎么办?

"拳打万遍，神理自现。"拳艺经长期演练而至纯熟时，其神气意识便会自然显现，拳理用法也会不知不觉地明白和掌握。太极拳的学习，多练是必不可少的环节。所谓"拳不离手，曲不离口"，拳家要像戏曲艺人一样，走到哪练到哪。拳艺要经常研练，时时用功。

没有随随便便的成功，只要自己肯下功夫，付出一分努力就会有一分收获。董英杰《太极拳释义》："本来学艺无止境。然肯下功夫者。无论如何。必一日技精一日。"

九十、没有从年轻时开始练，现在是否太晚了？

人在年少时，少不更事，对事物的理解很有限；青壮年时，体力尚足，感觉自己不需要练那种看似很慢而无力的拳，很多人对太极拳即使遇到也不愿相识；上了年纪后，体力渐衰，脑力渐弱，很多人练太极拳已是心力不足，能够简单锻炼就很好了。对此，有人开玩笑说："刚开始你看不见，看见了又看不懂，看懂了又来不及。"

种一棵树最好的时间是十年前，其次是现在。我们为什么要练太极拳呢？是为了自己的身心健康。只要开始，任何时候都不算晚，练一天就有一天的收获。人最大的对手不是别人而是自己，每天有一点进步，就是最好的状态。《礼记·大学》："苟日新，日日新，又日新。"

练太极拳是享受每一次锻炼的过程，而不是只为追求某个结果。曾有人说我："你坚持锻炼了那么多年，真不容易呀！"我喜欢太极拳，所以每一次的锻炼对我而言都是一个享受的过程，乐在其中。

九十一、为什么说《西游记》是讲人的修炼的一本书？

为什么说《西游记》是讲人的修炼的一本书呢？简单举几个例子大家就明白了。

（一）唐僧：他代表的不是一个僧人，而是一个人最重要的生命元素——时间。如果把人生命中需要做的事情视为所追求的远大目标（取经）的话，那么，在实现目标的过程中经历的种种曲折，面对的种种困难，就是九九八十一难，就是取经路上的各路妖魔鬼怪，他们争相要吃的"唐僧肉"就是你的时间。

（二）孙悟空：他代表的是一个人的"思想"。孙悟空年轻时心高气傲，自称"齐天大圣"，他一个跟头十万八千里，能够上天，也能够入地，"水中也入得，火中也入得"，能经受炼丹炉的熔炼，也能够战胜各路妖魔鬼怪。由于他太随性，所以唐僧用"紧箍咒"来约束他。人修炼首先要放下各种杂乱的想法，要

"悟空"。

（三）猪八戒：他代表的是人的本能。人的一些欲望和本能都可以在猪八戒身上看到。人的成功，很大程度上需要发挥个人的主观能动性，所以要善于"悟能"。

（四）沙僧：他低调朴实，容易被人忽视，但他任劳任怨，忠心耿耿，又时常调和矛盾，不可或缺。他代表的是一个人应该具有的品性。品性重在干净，所以沙僧法号为"悟净"。

（五）白龙马：唐僧坐骑，代表的是时光。《庄子·知北游》："人生天地之间，若白驹之过隙，忽然而已。"

（六）猴子猴孙：从养生的角度来说，我们可以把猴子猴孙视作身体的各个部位。只有身体的各个部位都健康，才能养护人的生命。养生就是要养护身体的每个生命要素。

（七）孙悟空除了战胜各路妖魔鬼怪，还打死过凡人，比如西天取经的第一难，他们遇到六个盗贼，分别叫作眼看喜、耳听怒、鼻嗅爱、舌尝思、意见欲、身本忧。孙悟空听他们报上名字后不怒反笑，说："你却不认得我这出家人是你的主人公，你倒来挡路。"然后一棒子打死了六个盗贼。这六个盗贼分别代表眼、耳、鼻、舌、意、身。这是告诉人们，只有六根清净，根除欲念，才会无烦恼。

（八）白骨精：她代表的是人一生中要面对的疾病甚至死亡的威胁。孙悟空三打白骨精的过程，就是人们通过养生，养护人的生命，战胜各种疾病的过程。

（九）盘丝洞的蜘蛛精吐的丝：现实生活中，人们面对的种种困扰就像盘丝洞的蜘蛛精吐的丝一样。如果摆脱不了这些困扰，你生命中宝贵的时间就会被逐渐吞噬。

（十）真假美猴王："假作真时真亦假"，世上的事情常常这样，真假难辨。人拥有坚定的信念，才经得起各种考验。

（十一）女儿国：对一个人是否有戒色之心的重大考验。

（十二）火焰山：凡是经历过艰难考验的人都知道什么叫心急如焚，什么叫如坐火上。经历过人生的"火焰山"，再回头读孟子的"天将降大任于是人也，必先苦其心志，劳其筋骨，饿其体肤，空乏其身"，感悟颇多。

（十三）哪吒脚踩风火轮："足宜常暖，首宜常凉"，是养生之道。如果人的脚常暖洋洋的，则阳气足，气血畅，自然身体就好。

那么，为什么是九九八十一难呢？

九九归一，有一个轮回的意思，但不是原地轮回，而是到了一个新的起点。在事物发展的过程中，百曲千折是必然的。唐僧取经要经历从头到尾的所有苦难，九九八十一难，少一难也要补上——通天河遇鼋湿经书。

笔者只是举一些例子，大家可以换个角度重新审视这本书，可能会有更多的感悟。

曾经，我们在学习简化37式太极拳后，开始学习老架83式太极拳。83式太极拳更传统，动作也更多、更流畅。当我们问师父为什么是83式时，答曰："九九八十一式加上起势和收势，一共是83式，其中81式是可以预防81种常见病的。"我们听后赞叹不已。

九十二、"悟空""悟能""悟净" 在太极拳中分别是什么意思?

"悟"字左边是心,右边是吾(我)。很直观,悟是指内心觉悟。

"空"就是去除内心的杂念,只有"大空"而后才能"大有"。在养生方面,一个人如果真的做到了"空",绝大多数的情志病就没有了。虽然"空"很难做到,但在人的内心修炼中去除杂念是首位的。"菩提本无树,明镜亦非台。本来无一物,何处惹尘埃。""能"是说只有"空"还不够,还要有作为,要"有",还要"能"。在太极拳推手中,"空"是化劲,"有"是发劲,这一化一发就是一个轮回。"净"是说思想干净,要纯粹,不能有杂质,不能三心二意。

"悟空""悟能""悟净"是相辅相成的。

九十三、为什么孙悟空一个跟头十万八千里，却逃不出如来佛的手掌心？

孙悟空一个跟头十万八千里，却逃不出如来佛的手掌心，因为"思想"（孙悟空）飞得再远，再富有想象力，也不能脱离现实，更不能违背天地间万事万物的发展规律（"道"）。

练太极拳也一样，只要你全身心投入，认真按照规律练习，几乎每一次的锻炼都能带给你新的收获，身心之愉悦，难以言表。《吕祖百字碑》："白云朝顶上，甘露洒须弥。自饮长生酒，逍遥谁得知？"如果不是亲身感受，是无法体会到"逍遥"的。当思想在自身的小宇宙中按照规律运行时，也是人身心最为健康的时候。

九十四、如今都是什么人在练太极拳?

如今练太极拳的人，主要有以下几类：第一是按照传统太极拳师徒模式拜师入门的弟子。还有一些是跟着一起学习而没有拜师入门的学员，他们多是出于兴趣爱好，相对松散随意一些。第二是按照师生模式，由从事太极拳教学工作的执业人员教授的学生。这种师生模式社会认可度较高，容易掌握社会资源，更容易举办各类比赛、学术交流等。在这种模式下，学习者基本不用拜师入门（民间武馆等除外），大多随着教学周期结束学习就告一段落。第三是既没有跟随固定师父学习，也没有到教学机构学习，他们通过各种机缘接触到了太极拳，或受到文学作品等影响对太极拳产生兴趣，自己根据书籍、网络视频等进行锻炼。

太极拳就像是一场盛宴，有的人来后相见恨晚，流连忘返；有的人感觉不合自己的胃口，很快离开；有的人不知如何取舍，很纠结；有的人只愿远观，不愿参与；有的人没能入场，说三道四，甚至诋毁。

练太极拳的好处，你说与不说，做与不做，它就在那里。有的人尝试了，得益了，推之不走；有的人与其无缘，浅尝辄止，劝之不来。大家或不想，或不能，不宜强求，顺其自然。

九十五、为什么国外练太极拳的人越来越多?

作为中华优秀传统文化的代表，太极拳因具有健身作用和治疗疾病的功效，成为国际医疗体育项目，越来越受到世界各国人民喜爱，说明实施中华优秀传统文化传承发展工程，助推中华优秀传统文化的国际传播，支持中华医药、中华烹饪、中华武术、中华典籍、中国文物、中国园林、中国节日等中华传统文化代表性项目"走出去"等取得了积极成效。

《中国太极拳辞典》前言写道："太极拳不是一成不变的，相反，一部太极拳的发展史就是一部变革史，太极拳历史上出现了很多的革新家……他们每一次充满勇毅与智慧的'动'，都带来太极拳技术理论体系和社会传播的一次飞跃。太极拳的'动'主要体现在几个方面：一是它的开放性，太极拳的体系始终是开放的。由于开放，它能够广泛吸收中国武术各流派的精华，不断补充、完善自我。只有开放，它才能最大程度地从中国传统文化、科技中吸收成果、影响，融会在自身当中。二是它的兼容性，太极拳源于中国，属于世界，正是因为有了'静'的内涵，才有了更大的兼容性，由于有独特的中华文化的内涵魅力，才吸引世界各国人民的关注与体验，也正是由于其内涵的科学性，才被世界各国人民作为健身修养的良好手段。三是它的流动性，动态平衡。不拘泥于时间、空间。发展当随时代，它始终落实着这一信念，从乡村到城市，从繁杂到简单，不僵化，不教条。……上善若水，随物赋形。"

　　国外练太极拳的人越来越多，因为太极拳是开放的、兼容的，是有独特的中华文化的内涵魅力的，是发展的。

九十六、为什么说太极拳代表了未来 武术运动的重要发展方向？

武术是中华民族在几千年的历史进程中创造、发展起来的。远古时代，生产力低下，原始先民用最早的技击术来与野兽和敌人进行搏斗，以达求生之目的。随着生产力的提高，人们在满足最基本的生存需要以后，开始有了更多的精神生活的需求，此时武术在具有御敌自卫功能的同时，也是人们健身和娱乐的手段。在不同历史时期，"武术"一词的内涵也不尽相同。如"武术"一词最早见于南朝宋颜延之《皇太子释奠会》诗中："偃闭武术，阐扬文令。"当时"武术"一词是指军事活动，以后则多指强身、自卫的技击技术。

新中国成立后，武术作为社会主义体育事业的一个重要组成部分，其性质、地位、目的和作用也发生了很大的变化，不但极大地丰富了人民的文化生活，提高了人民的健康水平，而且促进了国家间的交往，使武术跨出国门，走向世界。

2020年，太极拳被联合国教科文组织列入人类非物质文化遗产代表作名录，其中对太极拳的简介中写道："该遗产项目注重意念修炼与呼吸调整……太极拳习练者通过对动静、快慢、虚实的把控，达到修身养性、强身健体的目的。……其文化意义和社会功能也得到不断丰富，见证了人类创造力……在促进当代人身心健康、和谐共处方面依然发挥着重要作用，为相关社区和群体提供认同感和持续感。"

基于此，笔者以为，无论是从丰富人民的文化生活，提高人民的健康水平方面，还是从推动中外文化交流互鉴，助推中华传统文化代表性项目"走出去"方面，都可以说太极拳代表了未来武术运动的重要发展方向。

九十七、未来太极拳会如何发展？

我们按照太极拳的三大类来看其未来发展：

表演类太极拳：属于为满足现代人们的物质文化生活需要而产生的一种文体娱乐形式，可以完全按照演出的需要呈现给观众。所以，只要是健康、积极、正向的表演类太极拳，未来应该继续倡导与发扬。

养生类太极拳：相信随着社会的发展，太极拳的养生功效一定会被更多人了解和认可。未来，养生类太极拳除继续大力推广普及之外，还要不断吸收现代医学及其他相关科技成果，取长补短。

技击类太极拳：技击类太极拳的暴力杀伤性技术在现代法治社会已经没有了存在的空间。未来，技击类太极拳需要适时应变，在保留其技术含量的基础上，开拓新的发展空间。

九十八、为什么说练太极拳
是一种生活方式？

养生就是要选择和养成一种适合自己的，科学、健康、快乐的生活方式。

人的生活方式是一道选择题，有的人选择过有节制的、科学的生活，有的人选择过放纵的生活。

2010年，江苏省南京市高淳区桠溪镇成为中国首个"国际慢城"。慢城是一种新的城市发展模式，强调在现代化的城市中，寻求一种将现代化技术与传统生活方式相结合的方式，提倡慢哲学，认为慢生活"意味着减少忙乱、降低速度，是更人性、更环保、对当代及子孙后代更明智的一种方式"。

健康是人类一切福祉的根本，通过运动促进健康，是当代人们健康保障的基本规律，也是提高人民健康水平，降低广大人民群众健康保障成本的理性选择。太极拳作为医疗体育的重要内容之一，已成为中医治未病的重要组成部分。养生养不起都是假的，大病生不起才是真的。养生的人是因为他们意识到健康比什么都"贵"。

九十九、为什么说练太极拳可以提升人的幸福感？

幸福感是一种心理体验，既是对生活的客观条件和所处状态的一种事实判断，又是对生活的主观意义和满意程度的一种价值判断。具体来讲，幸福感是，第一，你内心要能感受到幸福快乐；第二，你是健康的；第三，你正在做喜欢的事。

太极拳是一种内外兼修的拳术，身心兼顾，通过形体的有效锻炼，达到对各种生命要素的全面养护。当你疲乏时，舒缓地打一趟太极拳，能迅速帮助你放松，缓解疲劳；当你心情不好时，当工作、生活遇到困难感到无能为力时，投入太极拳锻炼之中，会让你的心情慢慢好转。当人的心态变好时，看待周围的事物也会是充满善意的。

身心健康，幸福感自然油然而生。

一百、如何看待太极拳的积极意义？

太极拳以"天人合一"的大宇宙观看待大千世界和自我世界；以"应物自然"的思维倡导人与自然和谐相处，尊重自然；以"上善若水""和合"的态度对待社会与他人；以"道法自然"的逻辑阐述人们按照自然规律进行养生健身的必要性；以修炼"内功""提升自我"为解决问题的主要方法；以"滴水穿石""永无止境"的精神鼓励人们自强不息；以"谦虚"和"无我"的修为让人惊叹，体现了中国人民的想象力和创造力。太极拳文化与中华优秀传统文化的重要元素融会贯通，坚持创造性转化、创新性发展，坚守中华文化立场、传承中华文化基因，不断增强中华优秀传统文化的生命力和影响力。

《"健康中国2030"规划纲要》提出："继续制定实施全民健身计划，普及科学健身知识和健身方法，推动全民健身生活化。组织社会体育指导员广泛开展全民健身指导服务。实施国家体育锻炼标准，发展群众健身休闲活动，丰富和完善全民健身体系。大力发展群众喜闻乐见的运动项目，鼓励开发适合不同人群、不同地域特点的特色运动项目，扶持推广太极拳、健身气功等民族民俗民间传统运动项目。"

对于个人来讲，人们按照大自然的客观规律，在分清阴阳的基础上，通过习练太极拳不断进行身心修炼，提高生命质量。对于社会来讲，太极拳能够更好实现全民健身，保障和促进社会和谐稳定，更好塑造中华民族精神，推动中外文化交流互鉴，创新人文交流方式，丰富文化交流内容，助推中华优秀传统文化的国际传播。

习练太极拳感言百句

（一）未遇到太极拳时。

1.空山不见人，但闻人语响。
2.日日思君不见君，共饮长江水。
3.小时不识月，呼作白玉盘。
　又疑瑶台镜，飞在青云端。

（二）偶遇太极拳时。

4.好雨知时节，当春乃发生。
5.众里寻他千百度，蓦然回首，
　那人却在灯火阑珊处。
6.万里桥边多酒家，游人爱向谁家宿？

（三）立志太极拳不负时光。

7.执子之手，与子偕老。

8.明日复明日，明日何其多！

我生待明日，万事成蹉跎。

9.盛年不重来，一日难再晨。

及时当勉励，岁月不待人。

10.少年辛苦终身事，莫向光阴惰寸功。

11.黄沙百战穿金甲，不破楼兰终不还。

（四）庆幸得以拜师求学。

12.人事有代谢，往来成古今。

江山留胜迹，我辈复登临。

13.花开堪折直须折，莫待无花空折枝。

14.少壮不努力，老大徒伤悲。

15.红军不怕远征难，万水千山只等闲。

16.结庐在人境，而无车马喧。

问君何能尔？心远地自偏。

17.世上岂无千里马，人中难得九方皋。

（五）摸不着头绪焦虑时。

18.天街小雨润如酥，草色遥看近却无。

19.几上西山问彩霞，天宫何处是君家？

20.知无缘分难轻入，敢与杨花燕子争？

（六）遇到各种现实困难时。

21.鸿雁几时到，江湖秋水多。

22.寻寻觅觅，冷冷清清，凄凄惨惨戚戚。

　乍暖还寒时候，最难将息。

23.入门引路须口授，功夫无息法自修。

（七）迫不得已暂停锻炼时。

24.但见泪痕湿，不知心恨谁。

25.问君此去何时回，来时莫徘徊。

26.两情若是久长时，又岂在朝朝暮暮。

27.江东子弟多才俊，卷土重来未可知。

（八）再为自己坚定信心。

28.世上无难事，只要肯登攀。

29.君看构大厦，何曾一日成。

30.路漫漫其修远兮，吾将上下而求索。

31.长风破浪会有时，直挂云帆济沧海。

32.每日单练三千下，临阵可斩上将军。

33.他时若遂凌云志，敢笑黄巢不丈夫。

（九）关于技击。

34.杀人亦有限，列国自有疆。
　　苟能制侵陵，岂在多杀伤。

35.德不重者易动武，为而不恃真君子。

36.强中自有强中手，莫向人前满自夸。

37.无意苦争春，一任群芳妒。

38.祖师留下真妙诀，知者传授要择人。

（十）太极推手的意境。

39.人生需经历，不可尽由书。

40.两人对酌山花开，一杯一杯复一杯。

我醉欲眠卿且去，明朝有意抱琴来。

41.中岁颇好道，晚家南山陲。

兴来每独往，胜事空自知。

42.偶然值林叟，谈笑无还期。

43.身是菩提树，心如明镜台。

时时勤拂拭，勿使惹尘埃。

（十一）关于养生。

44.惜气存精更养神，少思寡欲勿劳神。

45.善字养德乐养寿，动字养身静养心。

46.莫听穿林打叶声，何妨吟啸且徐行。

47.心住灵台意念诚，周天运转自流通，

有无、无有、有无有，学到无时尽是空。

48.精养灵根气养神，养功养道见天真。

丹田养就长命宝，万两黄金不予人。

（十二）悟道后初见曙光。

49.行到水穷处，坐看云起时。

50.长恨春归无觅处，不知转入此中来。

51.身无彩凤双飞翼，心有灵犀一点通。

52.问渠那得清如许？为有源头活水来。

53.花径不曾缘客扫，蓬门今始为君开。

（十三）逐步得到太极拳益处。

54.新年都未有芳华，二月初惊见草芽。

55.自从一见桃花后，直到如今更不疑。

56.纤骨一枝才送蕊，幽香已胜万花春。

57.读书才恨学识浅，观海方知天地宽。

58.不到长城非好汉，屈指行程二万。

59.千淘万漉虽辛苦，吹尽狂沙始到金。

60.时人不识凌云木，直待凌云始道高。

（十四）太极拳重在炼"心"。

61.悟道诗书境，修心天地间；
　　若得其真意，胜似到灵山。

62.悠闲自在山中寻，饱览诗词古到今；
　　练就三分儒雅气，修来一颗淡泊心。

63.达摩西来一字无，全凭心意用功夫；
　　若要纸上寻佛法，笔尖蘸干洞庭湖。

（十五）明白了真理来自实践。

64.纸上得来终觉浅，绝知此事要躬行。

65.衣带渐宽终不悔，为伊消得人憔悴。

66.曲径通幽处，禅房花木深。

67.黑发不知勤学早，白首方悔读书迟。

（十六）不战胜困难就不可能成功。

68.不经一番寒彻骨，怎得梅花扑鼻香。

69.看似寻常最奇崛，成如容易却艰辛。

70.沉舟侧畔千帆过，病树前头万木春。

71.读书百遍而义自见。

72.正是江南好风景，落花时节又逢君。

（十七）锻炼时间越久便越感叹。

73.此曲只应天上有，人间能得几回闻。

74.我见青山多妩媚，料青山见我应如是。

75.春风得意马蹄疾，一日看尽长安花。

76.宠辱不惊，闲看庭前花开花落。

去留无意，漫随天外云卷云舒。

77.只有天在上，更无山与齐。

举头红日近，回首白云低。

78.愿君多采撷，此物最相思。

79.他年我若修花史，列作人间第一香！

（十八）为什么执着于习练太极拳。

80.问余何意栖碧山，笑而不答心自闲。

桃花流水窅然去，别有天地非人间。

81.人生自是有情痴，此恨不关风与月。

82.自饮长生酒，逍遥谁得知？

83.襄阳好风日，留醉与山翁。

84.欲穷千里目，更上一层楼。

85.曾经沧海难为水，除却巫山不是云。

86.青春虽逝志未衰，暮年未敢忘国忧。

87.洛阳亲友如相问，一片冰心在玉壶。

88.吾亦爱吾庐，庐中乐吾道。

前松后修竹，偃卧可终老。

89.君看名在丹台者，尽是人间修道人。

90.不是花中偏爱菊，此花开尽更无花。

91.唯有牡丹真国色，花开时节动京城。

（十九）行高致远时，相语者稀。

92.深林人不知，明月来相照。

93.不敢高声语，恐惊天上人。

94.居高声自远，非是藉秋风。

95.莫嫌举世无知己，未有庸人不忌才。

96.可怜骢马使，白首为谁雄？

（二十）与拳友共勉。

97.人生贵相知，何必金与钱。

98.海内存知己，天涯若比邻。

99.待到重阳日，还来就菊花。

100.回首向来萧瑟处，也无风雨也无晴。

参考资料

1. [清]王宗岳等著，沈寿点校考释:《太极拳谱》，人民体育出版社，1991。

2.《中国武术百科全书》编撰委员会编:《中国武术百科全书》，中国大百科全书出版社，1998。

3. 老子原著，黎重编著:《道德经》，中央编译出版社，2010。

4. 王培生著:《王培生·吴式太极拳诠真》，人民体育出版社，2003。

5. 国家体委武术研究院编纂:《中国武术史》，人民体育出版社，1997。

6. 董英杰著:《太极拳释义》，上海书店，1987。

7. [清]李亦畬著，二水居士校注:《王宗岳太极拳论》，北京科学技术出版社，2016。

8. 辛战军译注:《老子译注》，中华书局，2008。

9. 牛松然:《心理养生四要素》，《中国气功科学》，

2000年第8期。

10. 陈微明：《太极拳术》，中华书局，1925。

11. 沈志华、张宏儒主编：《白话资治通鉴》，中华书局，1993。

12. ［春秋］孙武撰，［三国］曹操等注，杨丙安校理：《十一家注孙子校理》，中华书局，1999。

13. 王洪图、贺娟主编：《黄帝内经素问白话解》（第2版），人民卫生出版社，2014。

14. 李泽厚：《中国古代思想史论》，人民出版社，1985。

15. 周汝昌著，周伦玲编：《永字八法：书法艺术讲义》，广西师范大学出版社，2001。

16. ［明］张三丰著：《张三丰全集》，花城出版社，1995。

17. 孙通海译注：《庄子》，中华书局，2007。

18. ［德］荣格著，杨儒宾译：《东洋冥想的心理学——从易经到禅》，社会科学文献出版社，2000。

19. 伍绍祖主编：《中华人民共和国体育史（1949—1998）综合卷》，中国书籍出版社，1999。

20. 王吉星：《人与血管同寿》，《家庭医学》，2004年第1期。

21.《孙禄堂论拳术内家外家之别》，太极网，http://

www.taiji.net.cn/artice-12351-1.html，访问日期：2023年1月29日。

22.高淳国际慢城官网，http://chinacittaslow.com/index.php?c=article&id=733，访问日期：2023年1月28日。

附录一：王培生先生简介

王培生（1919—2004），中国当代著名武术家，吴式太极拳第四代传人，名力泉，字培生，佛门居士，法号印诚，河北省武清县（今天津市武清区）人。王培生自幼习武，先后从马贵习练八卦掌，从张玉莲习练教门弹腿，从韩慕侠习练八卦掌和形意拳，从赵耀庭习练形意拳，从高克兴习练程派八卦掌及直趟八卦，从梁俊波习练通臂拳，从李书文、吴秀峰习练八极拳，从沈心禅、吴金庸习练道家气功，从了一和尚、妙禅法师习练释家气功，从金互、徐振宽学习儒学。从杨禹廷习练吴式太极拳时，深得杨禹廷厚爱，倾囊相授，并得师爷王茂斋长达8年的指导。王培生1937年在北平第三民众教育馆任武术教师；1947年加入汇通武术社，任副社长；1953年担任全国民族形式体育表演及竞赛大会武术评判员，创编太极拳37式，开简化太极拳之先河，在武术界产生巨大影响；1954年任群众武术社社长；1981年与日本少林拳法联盟访华团交流技艺，被日本《阿罗汉》杂志尊为"东方武林奇人""中国十大武术家之一"，扬誉海内外；1989年任北京吴式太极拳研究会会长。王培生曾担任东方武学馆馆长、中国人体生命科学研究会顾问、中国气功科学研究会功理功法委员会顾问等，为传播技艺足迹踏遍神州。他晚年著书立说，拍摄影像推广太极拳，到日本、美国授拳讲学，弘扬国粹，享誉日本及欧美、东南亚各国。王培生采各家所长，数十年刻苦研练，形成了自己独特的风格，创编儒、道、释、武、医一体，健身与技击合一的三才门乾坤戊己功。他不仅武艺高超，而且理论精深，为中华一代武学大家，著有《吴式太极拳三十七式行功图解》《太极拳的健身和技击作用》《太极功及推手精要》《吴式太极剑》《王培生·吴式太极拳诠真》等。《精武》杂志主编张朝阳曾于1999年第9期撰文《中华自古有武术　独步当代第一人——记技击实战家王培生先生》，记述王培生的武术活动实践。

附录二：金满良先生简介

　　金满良，1943年8月出生，北京人，回族。他12岁开始从六合拳门人马玉清学习回民弹腿、六合拳、形意拳、太极拳，武术功底扎实深厚，并对传统武术有独到的见解。金满良1986年拜吴式太极拳名家王培生为师，习练太极拳、太极刀、太极剑、太极杆、太极推手、三才门乾坤戊己功，为吴式太极拳第五代传人。他对王培生大师的武学思想体系有系统、深刻的理解，对太极拳"天人合一""拳人合一"的哲理有自己独到的见解，得到王培生的高度评价，为王培生最得意的弟子之一。金满良潜心钻研武学至今已60多年，他深入研究传统太极拳理论，并与实践结合。金满良生活简朴，为人谦虚，行事低调，较少参加武术界公开的社会活动，但他的武学修为在武术界广为传颂，被行内人尊称为"真正的隐者""活着的张三丰"。金满良多次被有关社会团体聘请为客座教授，讲解太极拳和养生理论；2011年，应邀赴湖北省道教圣地龙虎山讲学，交流武学技艺；2013年，在他70岁时应邀赴比利时讲学，弘扬太极拳功法，并用太极推手的实战技艺战胜了众多西方力士，群雄钦佩，力邀再访。

附录三：学从恩师金满良 近三十年的美好记忆

太极入门——怎一个"缘"字了得

人生在世总离不开一个"缘"字，我的太极拳修炼就源于此！

记得那是1994年的初秋，一个步入收获的时节。当时的情景至今仍然历历在目，一个清新的周末早晨，公园里的人们正在晨练，有段时间忙得没有锻炼的自己来到公园准备开始进行武术基本功的练习。当我在树下做劈挂散手练习时，一位60多岁的老者笑着走过来，说："小伙子，我看了一会儿，你练得不错，咱们简单试试?"我看对方脸上充满善意，就说："向您学习啊。"谁知一搭手便知自己完全不是对手，不是前仰后合，就是被轻松拿住反关节，于是赶紧说："老师傅我跟您学吧。"可老者笑着说："这是太极拳，你要真想学，我这才是小学水平，我给你介绍一个研究生水平的吧，下次你还来这儿。"我当时怎么也没有想到，竟然由此与大隐朝市的武术界大家级别的人物金满良结缘！

有必要说一下，我之前也是有过十几年武术基础的。由于从小在京城部队大院长大，骨子里天生的正义感，让我上学时为同学打抱不平，结果招惹来十几名淘气的同学在放学时拦我。当时正是电影《少林寺》热播的时候，我立志一定要学到真功夫。我先后练过少林长拳、短打，以及刀、枪、剑、棍、鞭等多种器械，还追随形意拳老师学了多年的形意拳，有时还应邀出去表演。自从跟师父学练太极拳之后，深感太极拳身心双修，内涵极为丰富，给习练者的回报足以让人终生难舍，便心无旁骛，痴迷一般，近30年练就下来。

当时入门仪式上与师爷王培生和师父金满良的三人珍贵合影，现在已成为不可再得的珍贵瞬间，让大家羡慕不已。时光荏苒，转瞬即逝，近30年来我没有停下过习练太极拳的脚步。

恩师典范——亲身经历的几件事

师父不仅太极拳达到出神入化的境界，而且武德高尚，堪称师表。一方面他自己修炼精进不止，且登峰造极。他曾对我们说："练功要舍得下苦功夫，现在你们都忙，一周可能练不了一遍拳，我自己大多是一天练习六遍，正着一遍，反着一遍，左单手正、反，右单手正、反各一遍，而且是每看一遍拳谱练习一遍。"师父总有新的练功感悟，他说这就是拳谱里说的"端的上天梯"。我们曾感叹，跟师父学了这么多年，总感觉师父有说不完的新东西，而且我们的进步绝对没有师父的提升快。师父自己也说："你们是小步走，我是大步在提升呢！这也是内家拳和外家拳的不同。外家拳主要靠的是力量和速度，可是力量和速度总是有极限的，而内家拳的提升永无止境。"另一方面，他教徒弟也是实实在在的，他说："如果我有一碗水，可能怕别人来喝，而如果我有一条河，是不怕你们喝的！"他教徒弟基本每周固定一个时间，无论严冬酷暑，不管哪个徒弟临时来不了，哪怕只有一个徒弟来，他都坚持到场传授，十分让人敬佩。他教徒弟，不仅教动作，还教用法、心法以及拳理。拳教到哪里，

183

师父就能把拳谱的相关论述整段地背出来，让年轻人都感到惊讶！他常说："一理通，百理通。"师父经常结合现实生活中的事例讲解拳法，便于大家理解和记忆。

这些年经历很多，给大家讲几个小故事。

为了感谢师恩，逢年过节我一定会去看望师父师母。一次在师父家聊到太极拳的化劲与发劲，师父兴起，让我背靠着墙站着，胳膊伸直向前撑住，他从正面向我的手缓缓发力，当时我想："俗话说立劲顶千斤，您总不能把墙也推动吧。"可谁知刚一接触，我就感觉像是有一辆汽车正面开过来，根本无法阻挡，手臂直接被压弯曲了！

我的一个做教官的好朋友，知道我跟师父学习太极拳，对师父仰慕已久。有一次，饭后谈兴正浓，他提出一定让我带着他拜见一次师父，于是相约而往。见面客气之后朋友直奔主题："老师，我这人直率，不来虚的，就是想看真东西。"师父就让他随便试试，只见他站起来伸手就抓肩想用强力攻击，却被师父轻松化开了。"我真来了啊。"说时迟，那时快，他出拳奔脸而来，师父抬手一扬，谁知他早已变了招数，上手为虚，近身就要双手抄腿想用摔法，只见师父将手下落，转身一掸，朋友由于用力过猛一头撞到了斜前方的书柜上。我赶紧上前，打趣说："家里地方太小了。"
于是大家商量，改天等师父教拳时再试。等再来时，
朋友已是有所准备，穿着一身运动服装。师父说："这
样吧，你只管攻击，我不还手。"朋友挥拳直击师父胸
口，师父也不躲闪，身体着拳后仍在原地不动，朋友
深感惊讶，接着又运足力气朝师父胸口猛打三拳，师
父仍然安然无恙。朋友低头看自己的拳面，已经打破。
师父胸口的薄棉衣上沾了几小块白色的东西，像是皮
肤屑，他掸了掸，关心地问朋友："没事吧?"朋友几
分愧样，侧身小声跟我说："我的出拳力量比别人可大
多了。"当时师父已经是近70岁的人了!

在前两年的一次纪念师爷王培生诞辰的活动上，
坐在我们边上的一位90岁的老者，伸出一根食指让周
围的年轻人用力，却曲之不得，足见其功力。可当他
知道我们的师父是金满良时，称赞说："你们师父的功
夫好，了不得。"我们听后备感荣耀。

尊师教诲——方有所收获

从师以来，认准师父所教勤学苦练，周围有的师
兄弟因各种原因没有坚持下来。师父说："师父领进
门，修行在个人。"他还拿《西游记》举例，说一定是

经历九九八十一难，才能取得真经。练拳也是，"由着熟而渐悟懂劲，由懂劲而阶及神明"，得一步一个台阶，持之以恒。

我是从37式套路开始练习，之后不断加进去内家拳的东西，这需要不断地琢磨体会。我清楚地感觉到，每锻炼一次都有新的收获。练了几年之后我才感觉到"整"是什么，并一直在不同的阶段感受"松"。现在，我已经从一个太极拳的门外汉入得门来，内心感到非常知足。在很多年后，有一次师父无意中说了一句"你快练成东西了"，我听了比在中国人民大学获得硕士学位时还要高兴。

梅花香自苦寒来。回顾自己近30年的太极拳修炼之路，深深感谢师父多年如一日的言传身教，许许多多的画面历历在目。

后 记

　　最初只是想把祖国瑰宝太极拳介绍给周围的朋友们，以回应日常大家的普遍关注，尽到自己作为太极拳爱好者的一点责任。同时，也想通过这种方式对自己这些年习练太极拳的收获侧重从文化方面进行一个总结，进一步丰富自己的业余爱好，算是一个自娱自乐的过程。但当真正开始写的时候，才发现完全不像自己想的那样简单：第一，对于一个学习了几十年法律又实际干了几十年法律工作，只是把太极拳当作业余爱好的人来说，这无异于"赶鸭子上架"了。第二，太极拳文化博大精深，绝不是一本小书能说明白的，正如大家所说，把一本书写厚难，写薄更难。第三，按照自己的做事习惯，既然写就要尽力认真负责写准确。但我发现即使按照"法律证据标准"或者"典籍考证"的态度来对待，仍有不少无从论证的情况。北京科学技术出版社为挖掘和整理武术古籍、武术专著，出版了"武学古籍新注丛书"，其中李亦畬著、二水居士校注的《王宗岳太极拳论》"出版人语"写道："纵观从汉至清的'正史'……在历代官方文献中，有关武术技艺和拳理的记载极少，即使是民间资料，清代以前也十分罕见，存留至今的大多是清代的手写本或抄本，且由于保密或自珍心理的影响，许多武术文献都属'秘传'，以致一般人甚至闻所未闻，更不用说深入研究了。"道出了我的心声。第四，过去对于拳谱或者太极拳的文字介绍大都是古汉语，文字极简而内涵极丰，若要理解之后再用白话简洁明了地表述出来，难度绝不亚于一份全新的翻译工作。第五，执笔本身花费的时间虽不长，但之前积累和之后反思与修改的时间较长，其中大量的时间用在了反复研究古籍和提高自己的认知上，也算努力对待了。第六，都说世界上最难的事莫过于把你的思想装入别人的脑袋。即使是"酒仙"，要想让不喜欢酒的人认同他的酒好，也是力不从心的，更何况有的人对酒天生反感。所有这些叠加起来，想要写好这本小书对我而言难度堪比登天。在匆匆收笔回顾之时，竟然再次感受到了太极拳理论的宏大，因为虽然自己是本着尽量简单介绍的初衷落笔，却也不知不觉、或多或少地涉及了哲学、中医、书法、茶道等学科领域。一方面想写好，另一方面难免更忐忑，越发不敢完结，唯恐言辞不妥会被内行人笑话。好在后来想到了《庄子·养生主》的那句"吾生也有涯，而知也无涯"，自己无非是个普通人，尽己心做己事，万事顺其自然，便以道家的道法自然来解脱了。

对于古籍文献，人们的认识和解读从未完全统一过，对于《道德经》更是有多个不同的解读版本，还有人说现在看到的版本早已经被改动过，不是原来版本的内容了。我认为这其实都不重要，重要的是后人主观上想用什么心去看待它。就像人们去旅游，相信正常人都是去探寻美景的，很少有人是为了寻找陌生地方的丑陋而去的。对古籍也好，对古人古事也罢，都不应该拿着放大镜去寻找其中的不足并为此扬扬得意，而应该去努力发现能给我们带来哪些有益的启示，从中汲取营养来提升自我，这才是学习的意义。有人说张三丰其人史书并没有明确记载，还有人说陈式太极拳是"陈王庭"所创而不是"陈王廷"，我认为这些也不重要。我们不妨暂且把它们看作太极拳历史长河中的某个代表性符号，以便探寻太极拳的发展脉络。

毛泽东在1917年所著《心之力》中写道："夫中华悠悠古国，人文始祖，之所以为万国文明正义道德之始创立者，实为尘世诸国中最致力于人类与天地万物精神相互养塑者也。盖神州中华，之所以为地球优雅文明之发祥渊源，实为诸人种之最致力于人与社会、天地间公德良知依存共和之道者也。古中华历代先贤道法自然，文武兼备，运筹天下，何等之挥洒自如，何等之英杰伟伦。"

习近平总书记在亚洲文明对话大会开幕式上的主旨演讲中指出："自古以来，中华文明在继承创新中不断发展，在应时处变中不断升华，积淀着中华民族最深沉的精神追求，是中华民族生生不息、发展壮大的丰厚滋养。"中华文明为人类文明发展进步做出了不可磨灭的贡献。要加强对中华优秀传统文化的挖掘和阐发，推动中华优秀传统文化创造性转化、创新性发展，把跨越时空、超越国界、富有永恒魅力、具有当代价值的文化精神弘扬起来，把立足本国又面向世界的中华优秀传统文化创新成果传播出去。

《道德经》第二十五章："有物混成，先天地生。寂兮寥兮，独立而不改，周行而不殆，可以为天地母。吾不知其名，强字之曰'道'，强为之名曰'大'。"老子认为，"道"是无限的完满，无限的整一，是在天地产生之前便已经存在了的。道之理，确实很难理解，所以常被后人说"玄之又玄"，但它的确也被不少研究和懂它的人视为"世间至理"。太极拳之"道"同样如此。形象一些比喻，太极拳就像人世间最醇美的酒，需要懂酒的人来慢慢品味，它到底好在哪里，只可感悟，难以言表。而对于不懂酒的人来说，即使来品尝，也只是慕名而来。

时至今日，酿酒工艺可先不说，能否喝到原浆，也看各人缘分，赞之、贬之、观之、品之悉听尊便。作为酒家，我只想说："我家的酒，我干了，你随意！"

2022年7月于北京